风雨昆仑

——杜斌国公安散文选

杜斌国 著

群众出版社
·北 京·

图书在版编目（CIP）数据

风雨昆仑：杜斌国公安散文选/杜斌国著 .—北京：群众出版社，2016.2

ISBN 978-7-5014-5491-4

Ⅰ.①风…　Ⅱ.①杜…　Ⅲ.①散文集—中国—当代

Ⅳ.①I267

中国版本图书馆CIP数据核字（2016）第029907号

风雨昆仑

——杜斌国公安散文选

杜斌国　著

出版发行：群众出版社
地　　址：北京市西城区木樨地南里
邮政编码：100038
经　　销：新华书店
印　　刷：北京普瑞德印刷厂

版　　次：2016年3月第1版
印　　次：2016年7月第2次
印　　张：10.25
开　　本：787毫米×1092毫米　1/16
字　　数：94千字

书　　号：ISBN 978-7-5014-5491-4
定　　价：38.00元

网　　址：www.qzcbs.com
电子邮箱：qzchs@sohu.com

营销中心电话：010-83903254
读者服务部电话（门市）：010-83903257
警官读者俱乐部电话（网购、邮购）：010-83903253
公安综合分社电话：010-83901870

◎ 一九八六年陪同公安部副部长俞雷，办公厅主任刘式蒲在登封检查工作。

◎ 每年春节早上，领导都要看望在第一线执勤的民警。

——一九九〇年大年初一早上，陪同张志刚书记、李志斌副省长看望在寒风中执勤的交通警察。

◎ 和政治部主任一起走向街头检查爱民月活动。

◎ 在街居民委员会听取群众对派出所工作的评议。

◎ 走街串巷，面对群众，开展法制宣传工作。

◎ 你们辛苦了！

——一九九三年，陪同省委副书记陈玉益同志慰问一线警察。

◎ 从战、从实、从难、从严抓好培训，基础工作一点都不能差！
——一九九六年，在全省培训工作会议上讲话。

◎ 保卫祖国海疆。
——一九九九年，参加海南省边防总队海警演练。

◎ 同刑侦处的同志们一起研究案件。

◎ 给我的老局长（藏族干部巴生祥）敬杯酒。

序 言

■李志斌

斌国同志将自己撰写的公安题材的散文结集成册，约我作序。我一再说由我写序，分量嫌轻。但他还是托金海洲校友把《风雨昆仑》的书稿送达我手。没想到，这一文集竟使时光倒流，令我浮想联翩，把我的思绪带回了那已远去却令人难以忘怀的公安岁月，特别是又想起了“邙山5号”，想起了和斌国同志共事的那些日子。

随着斌国同志的笔触，我仿佛又走进了省会郑州彻夜红灯闪亮的公安派出所；在斌国同志的陪同下，又去看望了以街头48个警亭为依托的郑州巡逻警察和联防队伍；在听取了斌国同志有声有色的汇报后，我带领地市公安局（处）长们，对郑州市公安基础工作进行了明察暗访，最后在全省公安工作大会上，郑重宣布“基础杯”竞赛郑州市公安局夺冠，河南省人民政府为此对郑州市公安局通令集体嘉奖，开了我省地市公安局（处）受省政府发令嘉奖的先河……

我和斌国同志是北京政法学院（现中国政法大学）同学，同校不同届，他比我低一级，我较他长一岁，应称他为学弟。大学毕业后，各奔东西，天各一方，音信杳无。十七年后再重逢，我在省公安厅副厅长任上，他是郑州市公安局副局长，主管刑侦、治安。相同业务分工，使我们接触频繁，来往日多。我任河南省公安厅厅长时，他也升任为郑州市公安局局长。他有很强的工作能力，强悍务实的工作作风。他出彩的工作业绩，使郑州市公安局的多项工作在不长时间内都走在了全省前列。正当他干得风生水起之时，中组部海南调干，他报名参加，想去刚刚设立的海南特区闯一闯，我只好忍痛割爱，任雄鹰南飞天涯。

我和斌国同志在河南警界相处多年，作为同志、同事、校友、上下级，我们同心共事，以诚相待，感情纯真，配合融洽，当年许多并肩战斗的工作场景，至今仍记忆犹新，历历在目。

我清楚地记得，在斌国同志任上的那个时期，郑州市的刑事侦查工作非同凡响，在全国都有些名气。他们打了不少大仗、恶仗、硬仗、漂亮仗，接连破获了一批省内外有影响的大案、要案，如德化街抢劫杀人案、新密银行持枪抢劫案、车管所杀人盗抢枪支案等，狠狠震慑和打击了刑事犯罪分子的嚣张气焰。记得当时社会上流传过一个段子，说是四个犯罪分子，从东北抢枪后，扒车南下，到郑州下车就去抢银行，公安局三天破案，被击毙一个、活捉三个。这三个犯罪分子一押到看守所，看见郑州市看守所的牌子，捶胸顿足，后悔莫及，大叫："错了，错了，下车太早了!"原来，他们听说东北"二王"跑到江南某个城市杀人越货后又成功脱逃，妄想模仿"二王"到那个城市抢劫作案，不料扒了两天煤车，迷迷糊糊地到郑州下了车，一下子撞进了天罗地网。他们看着招牌上"郑州市看守所"六个大字，连声叹道："郑州警察真厉害!"

郑州警察之所以真厉害，之所以在侦查破案方面特别能战斗，主要是在郑州市局领导班子的指挥下，上靠党委、政府，下靠广大民警，坚持"一手抓队伍，一手抓工作"，基层基础工作搞得实，群众路线走得好。郑州市局在全省基础工作达标赛中夺魁是实至名归，他们重视公安基础工作的程度和做法至今仍有借鉴价值。在狠抓基础工作、专门工作的同时，他们还把群众路线作为公安工作的灵魂、生命线，坚定不移地相信群众，依靠群众，放手发动群众，让群众直接参与破案，参与防范，参与围捕追逃犯罪分子，参与一切可以让人民群众直接参与的公安工作，人民群众在公安工作中真正发挥了主人翁和生力军作用。斌国同志在文集的多篇文章里，用诸多实例满怀深情地回忆、讴歌了专门工作与群众路线相结合方针在公安实践中的成功运用。

斌国同志是从基层民警队伍走上领导岗位的，街道、工厂、居民委员会的治保组织中，有很多他的朋友。听说郑州市北下街有个治安模范，后来经商有道，成了“烧鸡大王”。斌国同志去海南多年后，他还念念不忘，托人捎信，请老局长回来，一定要到北下街喝杯热茶、啃只鸡腿！邵玉华是二十世纪九十年代河南治安保卫战线上响当当的英模人物，我同她一起开过会、照过相，也在大会小会上推介过她的事迹。现在看了这本文集中的《全国知名的邵玉华》篇，才知道邵玉华事迹背后有那么多有趣的故事，原来这么有名的英模人物的发现和培养，斌国同志也功不可没。

《风雨昆仑》一书收集斌国同志公安题材的散文20篇，其中12篇记述的是他在河南从警路上的人和事。多么熟悉的地名，多么亲切的人名，多么熟悉的案子，多么真挚的情感，多么透彻的感悟！通览全书，体现着斌国同志对党的公安事业的一片忠贞挚爱；章章篇篇流淌着他对人民群众，对领导、同事的满腔赤诚；喜怒哀乐中交织着对故乡深沉纯正的大爱；字里行间充溢着一个共产党人忧国忧民的高尚情怀；时时处处抒发着一个人民警察敢于担当的浩然正气。

斌国同志在文集“后记”中十分动情地说，他“庆幸自己赶上了这个好时代”、“欣慰自己没有玷污警察这个职业的神圣荣誉”、“感恩自己曾经相识相知的领导和同志们”，当他灯下挥笔忆起前不久远逝的老班长、老学友王济晟同志时，止不住一夜动心，泪洒文稿……

斌国同志把自己的人生比做一本书，称这个文集只是写出了几张碎片。往事难如烟，岁月堪为歌，碎片并不碎，还原人生路。没有浮艳的辞藻，没有空洞虚饰的语言，全是真情的宣泄，真实的表述。我作为一个有着二三十年警龄的共和国老警察，读后感触颇多，受益匪浅。真诚希望有更多的同志，特别是有更多的年轻警察能够读到它、喜欢它。

有感而发，权作为序。

二〇一五年秋日于郑州

（作者为河南省原副省长、公安厅厅长）

自 序

《梦淡情真》散文集出版之后，不知是因为省委领导的序写得好，还是因为惊讶我这样的武夫竟然像模像样地写起了文章，而且被著名作家韩少功拉进了文学的殿堂，在我曾经工作过的河南、海南两地官场和警营引起了一些轰动。称赞之余，不少同事和朋友期盼我有新的公安作品问世。

不是因为公务繁忙，而是自感有些“江郎才尽”。再加上在相当长的一段时间里追忆着父母在板桥的松树情缘，不惮辛劳地去栽了几年树，写了一些与松缘相关的文章，圆了一场“板桥梦”。此间一些相知相交的朋友，特别是曾经在警营患难与共的警察朋友，很是不满我的“懈怠”，急切地盼望我尽快写出有关公安方面的文章，有的提出了更高的要求——写小说。曾经在何其芳麾下研究了一阵子文学的著名文学编辑、文艺评论家杨志杰不无动情地说："依你的文学功底，特别是两个省会城市公安局局长的经历，不当个公安文学的旗手，亏了你!"

惭愧呀，诸位高看我了，实在有负众望。

退休前，往往是满世界的素材俯拾即是，由着你文思泉涌提笔去写，可就是挤不出时间来。现在倒过来了，时间有了，就是苦思冥想难下笔，该忘的忘了，不该忘的也忘了。于是，翻笔记找资料，还是解决不了问题，只好把当年的伙计们请出来，一顿吃喝，二两烧酒下肚，大家纷纷忆当年，真情实话说个没完。情况有了，回头抓紧整理记录，写了几行，却不料睡意袭来，笔头子硬是不听招呼，几度反抗终归不济，只好把笔撂下去梦周公。当年酒量半斤八两不醉，尚能写材料到天明，现在真的不行了。如此令人感慨唏嘘：果真老了？想起春秋战国时期廉颇的故事，赵王问"廉颇老矣尚能饭否"的时候，老将廉颇年方五十三岁，已嫌其老矣，而今我已古稀，尚在自不量力地爬格子，果然是老大徒伤悲了。

但我仍然不肯就此善罢甘休，沉重不安的思绪穿越时空，时而在昆仑、白水间徜徉；时而在邙山之巅、黄河之滨奔腾；时而又在古城管国徘徊。夜阑梦回，打开电脑敲起键盘，像蜗牛一样在电脑的平板上爬去，渐行渐近。自己想想还真有点老骥伏枥的意思。

借用师旷劝晋平公的一句话："老而好学，如秉烛之明。"我当秉烛前行了。

是为序。

用你我的魂魄

托起灿灿的警徽

几经风霜苦

几经奔波累

几经艰与险

几掬男儿泪

只为“人民卫士”四个字

宁愿筋骨碎

只求盘点人生那刻

今生一世终无悔

目 录

都兰从警记 // 1

风雨昆仑 // 12

千里押犯下兰州 // 27

沙漠疑案 // 37

公厕反标侦破记 // 47

酒 缘 // 54

赶 集 // 62

过 年 // 65

睡 觉 // 71

红灯高挂 // 75

梁局长的夜餐 // 80

远逝的铃声

——遥忆管城分局的电大班 // 83

隐干郭瑞// 87

全国知名的邵玉华 // 93

德化街惨案 // 97

国案“6·11” // 107

车管所里的杀人劫枪案

——怀念纪检民警刘国民 // 119

走近英雄黎定琦 // 126

退休警察赵林德 // 133

不穿警服的警察王文清 // 137

昆仑语丝 // 143

后 记 // 148

都兰从警记

◇ 一

一九六九年十二月，为期一年的解放军农场劳动锻炼结束了。

我们，二百多名从全国各地汇集而来的青年学生，足蹬大头靴，身穿老羊皮大衣，头戴长绒皮帽，从我们自己在黄河岸边挖建的地窝子，爬上大卡车，告别八〇六四部队达米滩农场，经过两天的路程，返回青海省会西宁市郊区大堡子团部。

短期总结之后，我被分配到海西蒙古族藏族自治州都兰县保卫组（公安局）。

都兰县位于柴达木盆地南部，一边是戈壁沙漠，一边是东昆仑山脉，东西三百余公里，南北一百八十公里，面积五万多平方公里，比海南岛还大。人口才三万多，加上诺木洪、香日德、茶卡三个劳改农场，也只有五万多人，相当于内地一个乡镇。比起我们劳动锻炼的部队农场所在地兴海县，这里就是一个人口大县了。那个县才有三千人，县城只有三百人，一条街，一个汽车站，一个营业食堂，一个国有商店，一个县委、县政府大院。

部队按照名单，送我们去海西蒙古族藏族自治州驻西宁办事处，然后要乘车去州委所在地德令哈，从州委组织部换信，再去都兰报到。

在办事处等车期间，我们邂逅了一位关中汉子，一番赞颂都兰的话，让我记忆了很多年。

“你们知道什么叫都兰吗？都兰是蒙古语温暖的意思。都兰的县城叫察汗乌苏，也是蒙古语，白水的意思。白水河流过了温暖的地方，怎么样？好地方！长树、长小麦，美得很！”

听他一说，真的让我们把“君不见黄河源头青海湖，古来白骨无人收”的悲凉情愫一扫而光。

那汉子操着浓重的关中口音继续道：“楼上楼下电话响，柏油马路明光光，气候温暖杨树旺，麦苗青青菜花香。”他停下来喘口气，“万里草原风光好，骑马昆仑放牛羊”。

那汉子口齿伶俐，如诗如颂，只是气管有些毛病，说完又大喘了几口气，这才哈哈一笑，扬长而去。

办事处的同志告诉我们，他得了高原肺病，是来西宁看病的。

他是谁呢？我们到都兰报到时，在县委大院见到了他。他叫杨毅侠，县委常委、办事组组长，二十世纪五十年代支边的知识青年。尽管，都兰县城只有一座班禅行宫里的破木楼；尽管，那短短的柏油马路不到一公里；尽管，那不多的杨树光秃秃地在寒风中颤抖，他那乐观豁达的笑声依然感染着我们，他那置高原肺病于不顾的奉献牺牲精神，真诚地鼓舞着后来的年轻人，为青藏高原的建设英勇奋斗。

◇ 二

都兰县公检法军管组陈干事，指挥着一个灰头灰脑的小伙子拉了一辆架子车到汽车站接我。一见面，陈干事例行公事地说了几句欢迎的话，接过我那简单的行李交给了那个拉车的小伙儿。我有点受宠若惊了，慌忙表示感谢，陈干事不屑一顾地说："不用谢，他是看守所留用的小三。"原来，这里把劳改就业人员称作"小三"，看守所的"小三"，则是"轻短刑留"所改造的犯人，他们常被提出来为机关干些杂活。

"小三"拉车前边走，我和陈干事空手后边跟。干活干惯了，这下做了监工，轻飘飘地很不自然，这场面使我感觉有点像戏剧舞台上手持水火棍押解人犯的“解差”，边走边左顾右盼，战战兢兢，生怕被人抹了白鼻凹儿，多少有点滑稽的样子。

公安局大院就在车站对面。前边是县中队，右后方是一座土堡式的方形建筑，厚厚的土墙高高地围起，对角有两个哨所，县中队的战士在上边放哨，那是看守所。穿过中队营房，向左后方走去，来到一个仿苏建筑的四合院内，我的宿舍紧靠“治安组”办公室，一张小床，一张三斗桌而已。陈干事解释说：“机关没有单身宿舍，单身汉就住办公室。”办公室呢？坐北向南的一排是秘书组、会议室、领导办公室，东西两排分别是治安组、技术室、户籍室、政保组、审判组。那时公、检、法机关合一，也没有科室，一律称组。领导机关是中国人民解放军都兰县公、检、法军事管制领导小组和都兰县革命委员会保卫组。这种小组体制是当时的一个特色，不过，我去不久，治安组便改成治安股了，又过了一些日子恢复了公安局、法院，再后来，又有了检察院。那是后话了。

当时，我从解放军的农场到军事管制下的保卫组，感觉是从一个军营到另一个军营，虽然这里不像关中老杨描绘得那么理想，却也满足了。

北京大学国际政治系毕业的司道修的报到之路却没有那么顺畅。老司是一个笑颜常开的山东汉子，分配到西宁郊区一所“戴帽”小学教初中。接他的是一个反穿皮袄的尕老汉，赶了辆破旧的小毛驴车，在尘土飞扬的黄土地上向夕阳走去，真有点“枯藤老树昏鸦……断肠人在天涯”的味道。但是，老司笑脸依旧，西宁一见，他便眉飞色舞地讲起了“孩子王”的乐趣。末了，连连地说：“我们的生活如蜜甜，好啊!”

我们这一代人，总是满足。跟父辈们在旧社会的苦难生活比，满足；跟上不了学的同辈比，满足；跟挣工分吃不饱饭的乡亲比，满足。

我满足地走进这个尘土飞扬的公安局大院，迈开了三十多年警察生涯的步伐。

三

军管组安排我当刑事侦查技术员。

武装部副部长、军管组组长尹相辉把我叫到办公室，认真地谈了半天话。从国际讲到国内，从理论讲到实践，最后，从加强政权建设的高度讲到了我的工作岗位。他说：“刑事技术是刀把子的利刃，必须掌握在可靠人手里。技术室是‘重灾区’，三个老的统统调出去，党派你去接收，马上交接。”听完这个决定，我一下子惊呆了。法医、痕迹、照相这三个人的活儿让我一个人去干，就凭我这点知识？支离破碎、东鳞西爪，书本课程没有读完，实习课还没有挨边就停课“闹革命”了。我不由得反问了一句："当技术员，就我一个人？"

"怎么，怕了？解放军是怎么教育你的？共产党人死都不怕，还怕什么困难吗？"尹部长提高声音，边说边站了起来，用手指着我，目光炯炯，有些逼人。我不知道该如何回答，呆呆地站在那里。

"党相信你，排除万难去争取胜利！"尹部长重重地拍了一下我的肩头，留下了一句豪言壮语，迈开他那独特的骑兵步伐，走了。

面对这绝对正确的"最高指示"，我除了绝对服从还能说什么呢！

在老同志一片冷漠的眼光中，我接过了技术室的钥匙，开始了一段艰难的历程。

打开尘封的书箱，翻讲义、找资料，残缺不全，只有一本较完整的教材还是苏联的。我只好向那些被"打倒"了的教授、学术权威们千里求教，请他们给寄些资料来。毕竟远水不解近渴，即使找到教材，距离实际操作还有不小的距离。于是，在法医上，我请了分配到县医院的北京医学院毕业生赖忠泰共同去现场，取了检材，送省里鉴定。在照相和痕迹技术上，厚着脸皮向"清理调出"的老技术员请教。老崔是二十世纪五十年代我们国家培养的第一批警校生，技术全面，能力强，享有技术鉴定权。因为"运动中"对他的冲击大，所以怨气也大。尽管我诚心拜师，他还是爱理不理，敷衍塞责。技术室随手一指，把定影液说成显影液，害得我辛辛苦苦照出的胶片一片白，出了一次大洋相。向老崔拜师不成，接着我又去请教老常。这次，有老局长巴生祥出面，又有治安股股长周正书帮助（那时，他在治安股里管刑侦），把调出去的老常叫到一起，热热乎乎地吃了一顿手抓羊肉。巴局长斟上一碗青稞酒，敬给老常："按照我们藏民的习惯，你先把这碗酒喝下去。"老常是老青海了，自然不敢懈怠，双手接过一饮而尽："巴局长，周股长，什么指示，说吧！"那天晚上，他们谈了很多，很多。谈到误解，谈到调动，谈到情义。老周用心良苦的周旋，老常心悦诚服的自责，让我学到了很多。至今我还记得，巴局长几句铿锵有力的话："不管个人怎么委屈，也不能让革命受损失！"那天晚上之后，局面发生了可喜的变化。老常言传身教，手把手地教给了我一些操作程序和技能，真让我受益匪浅。第一次出现场之前，我连夜跑去找老常请教，幸好，全部派上了用场，现场处理和侦查工作进行得都十分顺利。

两年后，州里来考核，我竟然被评为优秀技术员。

尹部长高兴地竖起大拇指表扬我："臭老九不臭，是解放军再教育好的大学生！"其实，个中酸楚他哪里知道呢？当然，多年后我晋升了高级工程师，再回忆这段经历，应当感激这位逼我当技术员的军管组组长。看来，人有压力是件好事，有些成功往往是逼出来的。

◇◇ 四

不带枪的警察，像是不长犄角的山羊，总觉得少点什么，不那么完整。

佩枪是件大事，不像领一套上绿下蓝的警服，量量尺寸，穿上合适就行了。领枪，要填表写报告，报军管组审批，还要制作持枪证。不知是因为家庭“有问题”，还是别的什么原因，半年后方才通知我去领枪。

“现配的新枪是五一、五四，射程远、杀伤性大，就是状（重）。”负责枪库的老股长，小个秃顶，说话不清，青海方言加普通话，把“重”说成了“状”。看我迷惑，他便拿起枪比比画画解释了一番。直到我明白了，接下去说：“诺（我）们这儿还有几把老枪，随身好带，就是缺子弹。”他指着那些横七竖八地躺在箱子里的手枪：“这是五一、五四，这是花口撸子，这是马牌，这是剑牌，这是勃朗宁……要什么，自己选吧。”我思量了一下，说：“还是老枪吧，带身上方便。”看我选中了老枪，老股长便拿过一支擦得锃亮的手枪递给我：“这支德国造的勃朗宁是老崔调走时交来的，枪口还算好，诺（我）这里发六发子弹，尹部长存得多，去跟他要。”

佩上手枪，我很高兴。

我记得，老爹当年挎了一支德国造二十响盒子炮，很是金贵。后来，行政干部收枪，老爹恋恋不舍地拿起枪到后坡，一口气打了二十发子弹，然后，深情地吹吹枪管说：“从河北到河南，这支枪跟我十几年了，好枪啊，连打几十发子弹枪管不发热。”

那时，给我的印象是，手枪是德国造的好。

又十几年过去了，我也有了一支德国造的手枪——勃朗宁。尽管老了些。

在青海带枪的人是很牛的。青海人，特别是牧民崇拜枪支，对带枪的人也格外尊重。一九五九年平叛后，缴了民间的枪，干部的枪也严格了佩带范围。只有保卫组、公安局的干部、警察，挎上长枪，掖上短枪，依然威风。牧民见了立马高看一眼，手抓羊肉、青稞酒，格外热情款待。

可惜，勃朗宁带了八年，只试过一枪。

五

“我骑着马儿过草原，清清的河水，蓝蓝的天……”

一曲撩拨心弦的动听民歌，曾给我以美妙的遐想和向往。

然而，当骑马成为工作中不可缺少的重要组成部分的时候，骑马并不都是浪漫，特别是刚开始。

巍巍昆仑，山高路险；千里草原，路断人稀。马是唯一的交通工具，像现在机关里汽车班一样，都兰县公安局有一个大马圈，整齐明亮，像部队的营房，养了二十多匹马，个个膘肥体壮，英姿勃勃。养马的班头姓蒲，是骑兵转业来的，非常勤劳厚道。他对这些马像班长对待士兵一样情深意切，管理得井井有条。我们都叫他老班长。

每次，我去领马总是件难事。好马性烈，怕我驾驭无术；驽马老实，走路颠簸，缓慢拖后，怕误了公事。挑来挑去，老班长牵了一匹黑马过来，边备马鞍边数落道："今天派你跟小杜下乡。他可是从北京来的大学生，本事很大，什么都会啊，就是不会骑马。你要乖巧听话，好走好跑，可不能摆老资格欺负生人啊！"我看着老蒲抱着马脖子，脸贴脸的亲昵样子，不觉笑出声来。老蒲见状，说："这匹马叫黑秀，当了四年兵，去年才从部队退役，真的比你资格老。"说完扶我上马，在前边牵着缰绳，在大院里遛了两圈儿，边走边说："结冰的地方要下马，遇见狗咬马尾要回转马身面对狗头，马怕离群的散羊，要提高警惕。"千叮咛万嘱咐这三大注意事项，方才放我单骑而去。

以后的日子里，上山下乡，千里骑马走高原，有过很多紧张、疲惫的时候甚至遇到不测。第一次骑马下乡办案便在冰渠上马失前蹄，我猛地一拽缰绳，马惊狂奔，正前方是结了冰的察汗乌苏河，同行者大声喊我下马，我急忙脱蹬翻身滚下，那匹马訇然摔倒在冰河上。同行者唏嘘惊叹，如果人还在马上……还有一次，随同尹部长去黑山，在帐房前被狗咬住马鞍，我一紧张差点儿被拽下马来，忘了马对狗头。最糟糕的是，昆仑山上遭遇一只离群的孤羊，马惊套蹬，拖着我在草地上跑了三十多米，拖得我昏迷不醒，差点捐躯昆仑山。

我这骑马“三劫”，恰被“老班长”的三大注意事项所言中。所幸的是“三劫”过后尽开颜，高兴的时候，我也能在马背上唱上一首“我骑着马儿过草原……”

慢慢地，时间久了，也有了一点儿浪漫。

作于2006年隆冬

风雨昆仑

青藏公路线，从西宁出发到格尔木，共计八百余公里，中点是海西蒙古族藏族自治州都兰县城察汗乌苏镇。西去香日德，翻过陀陀山进入柴达木盆地，公路的北侧是浩瀚无涯的大戈壁，南侧是绵延千里的巍巍昆仑山。

昆仑山东西走向可分为三大段。中段玉虚峰，巍峨高耸，终年白雪皑皑，云雾缭绕，山间奇峰怪石，飞禽走兽，山下庙宇宫殿，香火不断，是神话传说的发祥地。西去蜿蜒到新疆境内，东来逶迤如一条巨龙在青南高原上盘桓腾跃，这就是从格尔木进入都兰县境的东昆仑山。

在灿烂的中华民族文化史中，昆仑山是那样的神秘、伟大、光彩夺目。我生有幸，在参加公安工作的第三年，骑马挎枪走进了东昆仑山，历时九天，留下了一段终生难忘的记忆。

去年，时隔三十二年后，我重返都兰县，驻足诺木洪，寻找当年的痕迹，结果令我大失所望。风雨过后，遗痕已渺然无踪，不再有云雾缭绕，不再有细雨纷飞。那高高的昆仑山，我是无缘再去登攀了。是生态环境的变化，还是来不逢时，我已无从考究。只是想，尽快把那一段鲜为人知的经历写出来，留下几页记忆的碎片。

一

那是一九七二年的八月。

八月，是青藏高原的黄金季节，印度洋上空的暖风吹来，吹绿了草原万里，吹绽了百花争艳。也正是这个季节的南风，给盘踞在台湾岛上的蒋家王朝，带来“空飘”心战的时机。从二十世纪六十年代走过来的人们，大约不会忘记，那个年代海峡两岸战事不断，蒋家王朝妄图反攻大陆，气焰甚嚣尘上。在台湾海峡的对面，他们通过海上和空中不断向福建沿海飘送心战品。二十世纪七十年代初期，为了配合达赖分裂祖国的反动行径，煽动不满情绪，蛊惑人心，颠覆祖国政权，每年的七、八月份蒋帮都要从印度洋上空，空飘心战品到青藏高原。因此，维护稳定的社会秩序，消除空飘心战品带来的负面影响，就成了公安保卫工作的一项重要任务。

接到诺木洪公社的报案后，中国人民解放军都兰县军事管制领导小组尹相辉组长、都兰县革命委员会保卫组巴生祥组长决定，由政保股股长苏清廉、武装部正营职参谋武向东和我组成专案组，从县中队抽调三名战士，诺木洪公社选出九名基干民兵，在公社书记苟日登的统领下，到东昆仑开展工作。

苟日登是个蒙古族名字，不好听，却含着很吉祥的意思。其实，他是刚被“解放”出来的原公社书记。前几年批斗“走资派”，他不堪侮辱奋起抗争，趁着夜色，骑上一匹黑马消失在茫茫的戈壁滩中。有人说他上了昆仑山，有人说他死于非命。“九一三”事件后，要“解放”一批当权派，查来查去，他当在“解放”之列。消息传来，群众很快找到了他的藏身之处。原来他就在离公社不到十里地的红柳树丛中，挖了一个地窝子，昼伏夜出，跟批斗他的“造反派”们玩起了捉迷藏。但是，尽管这个高大彪悍的蒙古汉子是那样地刚强，长期野居逃匿的艰难生活，还是无情地损害了他的健康。当他拖着瘦弱的身体回到诺木洪的政治舞台的时候，人们惋惜地发现，由于他长期在孤独的环境中借酒消愁，以致养成了一个坏毛病——嗜酒如命，不喝酒就没精打采，迷迷糊糊。从沙柳包的地窝子中把他找到后，县里准备让他作为蒙古族代表，担任革委会副主任。军代表找他谈话，一个小时内他三次掏出酒瓶喝酒提神。军代表严肃地问他：“现在，不喝不行吗?”他迟疑一下，看看酒瓶，随后坚定地回答：“不行!”军代表无可奈何地摇了摇头，派人把他送回了诺木洪公社，“闲置”了起来。可以看出，这次请他担任“反空飘”行动的总指挥，使他又一次看到了复出的希望，重新焕发了他的工作热情。

苟日登书记看到我们专案组一行时，迈着他那牧民独特的步伐张开双臂迎上前来，伸手向武参谋的挎包摸去。武参谋笑着推开他的手，从中抽出一瓶互助大曲，边递给他边嘲骂：“给你带来了，够你喝的，狗日的，你这个酒鬼!”尽管“苟日登”变成了“狗日的”，老苟还是兴高采烈地接过酒瓶，神速地打开瓶盖，咕咕几大口，这才对着大家高声地喊道：“出发!”说罢一个大骗腿飞跨上马，头前飞奔而去，一副精神焕发斗志昂扬的样子，让我一下子领略了草原勇士的风采英姿。

◇◇ 二

从诺木洪南看昆仑山清晰可辨，感觉不过数里之遥。看山跑死马，中午过后才走到诺木洪农场水电站，问明已行六十里路，离进山的宿营地还有七十多里呢。

下午，顺一条小河而上，渐渐地觉出大山的巍峨挺拔，傍晚方才走进峡谷的丛林中。细心的武参谋看了看落在后面的我，示意大家停下来，等我赶上来重新编队，把我安排在队伍中间。开始，我以为是因为我马术不佳又背着现场勘查箱和照相机，怕我掉队。后来，他们告诉我，这条峡谷叫哈熊沟，常有哈熊出没。并且嘱咐我，遇到情况不要回头只管往前走，一切由他们对付。听他们这么一说，我陡然紧张起来，看着战士手里端着冲锋枪、民兵端着七九式步枪，我下意识地把右手伸向腰间的勃朗宁，武参谋瞪了我一眼："别紧张，开枪的事轮不到你。"

能不紧张吗？前些天，一个牧民同哈熊英勇搏斗被抓掉了头皮。我边想边向两旁的树丛张望，后背一阵阵直冒冷汗。也不知过了多长时间，走了多远的路，总算穿过了丛林。走在前面的苟书记喊了一声："前面就是神庙！"

宿营地到了，我长长地舒了一口气。不知不觉，已是明月中天了。

神庙没有庙，只有一堆石头插了几杆旗幡。蒙古族叫敖包，还编了一支歌曲叫《敖包相会》。今天晚上，在朦胧的月光下，我毫无爱情的畅想。糟糕的是，这一夜要在这冷冷的石堆旁露宿了。

同来的战士却是精神依然抖擞，跑去拾来干柴，生起篝火，煮上茯茶，又从马背上取出馒头招呼大家吃晚餐。没有菜，每个人一只咸鸡蛋、两个馒头。大家狼吞虎咽之后，便按照指定的地点取马搭铺地，准备睡觉。武参谋走过来，指着我的铺位说："从现在起，脑袋不能高枕，对，这样向下斜。海拔四千米以上，还要头高脚低的睡觉，只怕你第二天就起不来了。”我慌忙调整了位置，匆匆睡下。

这里的天气真怪，刚想入睡，一阵细雨打在脸上，睁开眼睛一看，仍然是明月中天。一个高大的人影，在月光下敖包堆旁端坐着，那分明是苟书记，手里依然拿着酒瓶。他不是喜欢迷迷糊糊吗？也许，酒精的力量使他难以入睡；也许，这美丽的月光引起了他敖包相会的情思；也许，他什么也没有想，只是无限惬意地享受着青稞酒的美妙和万籁俱寂的静谧。

身旁战士鼾声如雷，脚下小河流水淙淙，远处不时传来猿啼狼嗥……

这昆仑山中的第一夜，让我睡得好辛苦啊。

◇ 三

夜色在寂静中退去，新的一天跋涉又开始了。

这一天的路是在山谷中盘旋而上的。谷深山高，峰回路转，十分险峻。令人惊诧的是，当我们的马队登上山顶时，豁然展现在眼前的是，起伏万状一眼望不到边的大草原。极目远眺，天苍苍，野茫茫，朦胧迷雾中，远处雪山隐约可见，宛如披银挂甲的玉龙。近处，芳草萋萋，鲜花烂漫，牛羊成群，蒙古包帐房，错落成趣，点缀在万顷绿波之上。

看山不见山，看原不是原。山下看，巍峨陡峭，白云缭绕；山上看，茫茫草原，波澜壮阔，瑰丽秀美，气象万千。昆仑仙境，果然名不虚传。

微风吹来细雨，轻轻地抚摸着面颊，我顿觉心旷神怡，两天来的鞍马劳顿，竟然一下子荡然无存了。苟日登举起酒瓶又是一阵豪饮，这才带领我们策马向草原奔驰而去。

草原中部的低凹处，有一汪浅水，水旁蒙古包帐房星罗棋布——那便是诺木洪公社的一个牧业大队所在地，气球飘落的现场就在附近，我们的目的地到了。

这个大队不足百户人家，却拥有上千平方公里的草场，这些牧业户三五成组地分散在生产队指定的放牧范围内。像我们住地这样八九个蒙古包相对集中在距离不远的区域内，是很少见的。

下马进帐房，第一件事是召开党团员基干民兵会议，向他们分派任务，去通知分散在草原上的牧民，一是收缴心战宣传品，二是每家派代表参加群众大会。武参谋布置了任务，苟书记晃着酒瓶说："蒋介石、马步芳这帮哈熊匪帮不安好心，飘过来的东西有毒，你们要统统收上来，一片纸也不能丢下。给你们一天的时间，通知到每家每户，后天上午到这里准时开大会。"真难为他们了，要在这么短的时间内，把分布在如此广袤的草原上的人们召集在一起，在没有通信工具的年代里，需要跑多远的路程啊！但是没有人提困难，也没有人问一声，这些开会的人怎么吃饭，睡在哪里？其实，连我这样一个在草原上生活不久的人也知道，我们的牧民兄弟一只羊腿、一袋酥油炒面，怀中一揣，老羊皮袍子热天翻过来，冷天翻过去，就可以骑马走天下了。

昆仑山上风雨无常，刚刚一团云雾飘来，细雨蒙蒙，不一会儿，云飘雾散晴朗如初。夕阳西下，接受任务的蒙古健儿纷纷跨上马去，消失在徐徐升腾的暮霭中。

四

又是一个飘着细雨的太阳天，今天我的主要任务是处理现场。现场离我们只有三箭地，从报案的那天起，具有坚定立场的牧民已经派人把现场紧紧看上了。几天来，他们像看守一群被俘的武装特务那样，紧盯着那一堆泄了气的气球外衣和一些叫不出名字的仪器，还有那些没有飘出去的宣传品，昼夜值班，高度警惕。其实，现场的处理并不复杂，也不像牧民兄弟想象的那样神秘或危险。我把它们一一拍照，整理归类，编档装箱，如此而已。我们的战士民兵荷枪实弹期待的一场“战斗”，就这样被我简单地处理结束了，他们不甘心，去问武参谋还有什么？能有什么呢？定时炸弹，空降特务？武参谋随手扬起手中的马鞭一一指给他们看：那是气球的外衣，绳子系着的是定向器。这些空匣子，还有塑料袋装的是反动传单画册、儿童服装、玩具，还有糖果食品。苟书记用马靴踢了踢，说：“这是糖衣炮弹，明白吗？明天开大会，组织大家搜山，把这些乌七八糟的东西都找回来。”

大会在浅水旁蒙古包后面的一块高地上召开，没有凳子也没有主席台，大家在草地上盘腿而坐。大队支书主持会议，他首先站起来用蒙语讲了一阵子，前边那些话我一句也没听懂，直到最后一句青海汉语“欢迎解放军首长讲话！”我才听明白。武参谋咳嗽了一声，站起来用汉语分析了国际、国内形势，传达了上级指示，部署了要做的事。轮到苟书记讲话了，他却坐在那里迷迷糊糊地打呼噜。支书推他，他一个激灵醒过来慌忙摸酒瓶，大队支书见状忙把自己的酒壶递过去，让他过过酒瘾。放下酒壶，老苟马上变了一个人，精神焕发地站起来，一会儿蒙古语，一会儿汉语，慷慨激昂，讲得头头是道，句句在理。让群众听得心服口服，情绪激动。其实，他翻来覆去讲了一个意思，在蒋（介石）马（步芳）匪帮统治下，反动头人、恶霸王爷残酷压迫穷苦牧民，草原上的人们，家家都有血泪史，人人都有血泪账。共产党、毛主席领导我们砸碎了铁锁链，翻身当了主人。现在蒋马匪帮勾结达赖，妄想拿这些心战品当武器反攻大陆，重新让我们当奴隶。说到这里，他指着一个老阿爸问：“你说能答应吗？”那位满脸胡须头戴毡帽的老阿爸颤颤巍巍地站起来，双眼像鹰隼般发出两道凌厉的光芒，半天喊出一句话来：“打倒宫保家！”旁边人告诉我，他要打倒的那个人是蒋马匪帮统治草原的官匪，一贯为非作歹，残害百姓，是他杀害了老阿爸家的三口人，又在解放战争中跑到了台湾。老阿爸怒火喷发的这句话，振聋发聩，良久，会场爆发出一阵口号声："打倒蒋介石，毛主席万岁！"响彻草原的上空。

今天，我记起来的这个场面似乎有点陌生，又有点不合时宜，或许还会受到嘲笑。但我要郑重地说明，这个场面是真实的。我们那一代人，从自己的切身经历中铸就了自己虔诚的信仰，从新旧社会两重天的变化中，毫不动摇地选择了捍卫新政权的坚定立场，那是真诚的，自觉的。

本来，苟书记一番声情并茂的生动讲话，就可以散会组织搜山了。无奈，大队难得开这么一次社员大会，顺便还有一些工作也要布置一番，夏粮分配，民兵训练，末了，是草原管理和牲畜防疫工作。讲最后这项工作的是畜牧兽医站站长吕大智。他个子不高，宽厚的鼻梁上架着一副近视眼镜，不紧不慢地从后边走过来，扶扶镜框，用生硬的青海汉话夹杂着蒙语讲了一通防疫工作的重要性和紧迫性，又特别强调要严格按照公社规定管好草场，夏天只能在夏场放牧，留在冬天的草场，夏天一定不要去放牧。吕站长讲得很好也很重要，只是参加会议的人们似乎不如先前那样专心听讲。大队支书迫不及待地接过话题，说了几句贯彻落实的要求，话锋一转，布置了在方圆几十公里内的搜查行动。

会后，参加行动的党团员基干民兵到大队部领了一份羊肉和一瓶酒，欢天喜地骑上马出发了。

◇◇ 五

我和戴眼镜的吕大智分在一个组，组长是大队支书，同去的还有三个基干民兵。我们的任务是向西南方翻越海拔六千米的“死谷”，到山的阳坡搜查。

吕大智是诺木洪草原家喻户晓的名人，毕业于北京农业大学，和我同年分配到青海。我们学文的集中到解放军农场锻炼，他们这批学农的一竿子插到最基层，当年就分配到公社农牧兽医站，真正地对应了他的专业——畜牧兽医系。当时，这个农牧兽医站只有一个新近寡居的年轻妇女在支撑门面，而她不久前去世的丈夫正是这个站的站长兼兽医。吕大智的到来，很是受群众的欢迎和领导的重视，不到一年便被任命为站长，成为我们这一批大学生中最早被提拔任用的佼佼者。他的事业发展顺利，只是个人生活有些坎坷。吕大智出身书香门第，父亲是武汉一所大学的教授，“文革”初期被戴上“反动学术权威”的帽子，扫地出门，生活艰难。他本人也受了影响，久久找不到对象。后来，倒有一位姑娘不讳门第准备下嫁，从武汉千里迢迢来到诺木洪，一看如此荒凉偏僻，第二天便闹着回去，由此再也没有了音讯。从此，吕大智讳莫如深，不再提自己的婚事，甘心当起了“王老五”。“王老五”不好当，自己做饭、洗衣裳。同单位的小寡妇难免出来帮帮忙，一个院子住着，来来往往，寡妇门前是非多，因此传出了许多绯闻，闹得沸沸扬扬。吕大智一看势头不妙，当机立断地宣布同寡妇结婚，并且郑重其事地向党委写了说明，信誓旦旦地扬言要扎根边疆，同贫下中农（牧）“结合”一辈子。

吕大智一路说来，滔滔不绝。听到这里，我情不自禁地哑然失笑：“你小子踹了寡妇门，还找了一个冠冕堂皇的口号！”

吕大智却是一脸的凝重，扶了扶眼镜，叹了一口气：“‘孤儿寡母’的，不容易啊！”

大队支书听得有趣，上前解围道：“吕站长可是个让老老少少都喜欢的好人啊！”接着又提醒我们：“前面就是死谷，少说话，张大嘴，深呼吸，爬在马鞍上前进，再累也不能停下来！”

那一年我毕竟才二十多岁，虽然有些胸闷、头涨、大喘气，还是顺利地翻过了死谷。死谷就是死亡之谷，海拔六千多米，年老体弱的人走到这里是会没命的。牧民通常要绕道而行。这里两边寸草不生，白雪覆盖下的是奇形怪状的黑石头，寒风阵阵，有些阴森恐怖。我们匆匆地搜查了一遍，不敢停留，急忙顺原路返回。

到底是下坡路好走，越走越轻快，青草越发茂密，憨态可掬的哈拉（旱獭）站在洞口，远远地向我们张望着，我用马鞭一指，“哧溜”一下便没了踪影。

突然，前边草丛中出现一只离群的野羊，吕大智慌忙喊道：“马怕单羊，小心马惊!”

话刚落音，我的马一声嘶鸣猛地奔腾，把我重重地摔在地上，我失去了知觉。

细雨蒙蒙，不停洒下，小小的水珠在脸上滚动，凉凉的，凉凉的。

我慢慢地睁开眼睛，一个紧张得变了形的面孔，双眼在镜片后面惊恐地望着我。这是谁?

唔，想起来了，他叫吕大智，一个北农大的毕业生。

我在哪里，我怎么会在这儿?

空飘现场，群众大会，死谷搜查，渐渐地我想起来了。

我的枪，我的勘查箱呢?

喔，都在这儿。

我的马呢?

吕大智扶我站了起来，指着站在悬崖边上的马，讲述了刚才惊心动魄的一幕。

原来，马惊后把我摔到地上，左脚套了马蹬，疯狂的马拖着我向前飞奔，正前方是万丈深谷，眼看马死人亡的惨剧就要发生，突然，马到悬崖边停了下来。

“套蹬是要出人命的，你的命大。”吕大智余悸未消地边说边帮我检查伤情，所幸皮毛无损。

死谷山中死而复生，上天不收我啊。

休息了一会儿，支书带人赶过来，扶我上马返回住地。

收缴工作十分顺利。这里的人们大多不识字，对那些花花绿绿的传单、图片看都不看。不管是蒋“总统”的“伟人照”，还是邓丽君的小圆脸，只是拿来擦屁股。那些华丽的服装用品，使他们想起了在草原上作恶多端的农奴主和王爷头人。他们怀着仇恨和厌恶的心情，把捡到的东西迅速送到大队部旁边堆放垃圾的帐房里。还有那些饼干、罐头、巧克力之类，本来就对大块吃肉、大碗喝酒的牧民毫无吸引力，听了苟书记的报告，更是一分钟也不想把它们留在自己身边。

蒋马匪帮达赖集团又一次在青藏高原上打了败仗，人民江山是坚不可摧，固若金汤的。

◇◇ 六

下山的日子，下着“太阳雨”。

太阳、蓝天、白云、细雨。

独特、美妙、神秘的昆仑山。

当我们走出山口的时候，呈现眼前的是万里无垠的戈壁滩，云蒸霞蔚，十分壮观。

看，前边是西湖胜景，青山绿水，楼台亭阁，雷峰塔耸立山巅。仔细看去，又是滚滚延河水，巍巍宝塔山，一派延安圣地风光。

“你们看，天安门!”吕大智兴奋地指着远处说。

果然，浩瀚壮阔的戈壁滩中，天安门城楼隐约可见。

我们知道，那是海市蜃楼。

过了一会儿，那迷人的景象渐渐地消失了，但天安门的影子永远矗立在我们心中。

不知是谁，唱起了“站在草原望北京，心中一轮红日升……”

这嘹亮的歌声，响彻昆仑，响彻云霄，在风雨中久久地回荡着。

作于 2007 年秋

千里押犯下兰州

◇ 一

一九七〇年六月，以打击反革命破坏活动为中心内容的“一打三反”运动慢慢萌发。

都兰县军管组的会议室内灯火通明，审批案件的讨论已经进行到了第三天，现正在重点研究一起重大案件的复审结论，事关生杀予夺，谁也不敢懈怠。

参加会议的同志个个凝神贯注，聆听办案人王金律的汇报。

香日德劳改农场呈报案件的重大案犯叫胡发才，男，现年57岁，历史反革命罪。新中国成立前，在任伪保长期间出卖新四军伤员，致使我一名战士壮烈牺牲。新中国成立初期，因认罪态度好，有立功表现，被判无期徒刑，保住了一条性命。但胡发才劳教多年，仍不思悔改，“文革”时期竟然以朱元璋火烧庆功楼为喻，散布谣言，恶毒攻击党和国家，煽动不满情绪，依照当时的法律，拟以反革命罪被判处死刑。但呈报的材料显示：该犯经常喃喃自语，傻笑不已，有精神病嫌疑。

办案人汇报刚一落音，大家七嘴八舌地议论起来，纷纷指责劳改场处事圆滑，不负责任。有没有精神病，是杀与不杀的关键条件，没有就枪决，有就免予死刑，何谈嫌疑！

军管组陈干事听大家争来争去十分不耐烦，高声说：“这个人罪大恶极，枪毙算了，留他干什么！”

倒是军管组组长尹相辉冷静自若，望着办案小组组长余新才说：“你有什么看法？”

余新才执法懂法，很有内涵，对于案件定性、量刑，可以说是言出如山。只见他深深地抽了一口香烟，望了望尹组长说：“我和劳改场办案警察谈过，劳改场党委研究这个案件时，杀与不杀两种意见，主要也是集中到有没有精神病的问题上，为慎重起见还是搞鉴定吧，如果没有精神病再执行不迟。”

尹组长听罢“哦”了一声，说：“明白了，哈书记‘耍滑头’，执不执行先报个数顶成绩，‘宁左勿右吗’！”尹组長与哈书记是省军区独立师的战友，同期参加军管，如此当真不当假地调侃，其实是显示了无奈的认同。

会议最后决定，由县公检法军管组与劳改场各派一名民警，将罪犯胡发才押送至兰州法医鉴定中心鉴定。

◇◇ 二

劳改场派叶大壮队长和我这个刚参加公安工作的民警一起共同执行押送任务。

劳改场执勤的武警战士统称为“班长”。叶队长是香日德劳改农场一大队的管教干事，劳改场里所有的干部，不管是管教还是生产干事，都统称为“队长”。

叶队长慈眉善目，胖乎乎的，小个子大脑袋，走起路来腆着肚子，一副大肚弥勒佛模样；说起话来吴言侬语倒是悦耳，想听懂却很费劲。叶队长是个老公安，当年在上海市公安局当刑警，一次坐在一辆破美式吉普上去执行任务，不小心丢了手枪，受了一个警告处分，从此仕途走了背运。一九五三年全国调犯，他随一批重刑犯人来到青海省香日德劳改场，风来雨去，天天和犯人打交道，在西北高原当了二十几年的管教干部。

眼前，他押着一个比他还矮的干瘪老头缓缓走来。那老头其貌不扬，歪着头，挤巴着小眼看人，一见人就殷勤地傻笑。不管遇到谁，若是穿便衣，第一句话就是：“报告，队长，我认罪。”若是军警服，第一句话一定是：“报告，班长，我认罪。”

我遇到了后一种情况，因为我穿了一套上绿下蓝的警服，被他叫成了“班长”。叶队长过来纠正道：“叫政府。”于是，这个干瘪老头对着我一个傻笑：“报告，政府，我认罪。”他就是我们要押解的囚犯胡发才。

我怎么看他也不像穷凶极恶的反革命形象，很像一个玩世不恭的滑稽老头。倒是他那双手上的刑具提醒了我，那是一名手上沾有革命烈士鲜血的重犯！

那时没有押送犯人的专用囚车供我们使用，秘书股的谢宝炎股长给我们联系并安排了地质八队去西宁的便车。那是一辆解放牌货车，也叫大卡车。驾驶室已经满载，我们押着犯人自然要爬到露天敞篷的车斗里。虽然已是五月天，高原依然寒意习习。

我俩先把胡发才铐在车斗铁架上，然后分别在其两边席地而坐。我正担心车跑起来会有些冷时，司机王师傅给我们扔上来两件老羊皮大衣，老叶我俩一人一件。老叶看了看胡发才，叹了一口气，把一半儿皮大衣盖到了他的身上。我瞄了他们一眼，心里有些别扭。唉！这叫什么事儿啊！令人费解的管教与犯人关系。

我们从都兰县城察汉乌苏镇出发到西宁市二百多公里，绵绵青藏线，沙土搓板路，颠颠簸簸地走过茶卡镇，翻过橡皮山赶到青海湖边的黑马河时，天已正午了，于是停车、加油、吃饭。

黑马河，是从西进入青海湖区域的第一个驿站，现在成了一个建有宾馆的风情小镇。当年只是一个住有七八户人家的小村落，有一个只能容纳八九十个人用餐的国营食堂。

司机王师傅直接把车开到食堂门口，下车带上驾驶室的两位同伴进了小包间，我和老叶押着胡发才下车进大堂找了一张空桌落座。我负责看管犯人，老叶去排队买饭：土豆丝羊肉片、土豆烧牛肉、葱花酱油汤、三碗白米饭，一一端来上桌。在青海即使经济困难时期，仍旧不缺牛羊肉，土豆又多又便宜，只是青菜稀缺。老叶把一碗米饭上浇了炒菜放在胡发才面前，又拿来一个小碗分了些汤，顺手把铐子一头铐在桌子腿上，另一头铐在胡发才的左手腕上，这样就可以腾出右手吃饭了。这才招呼我："快吃，趁热!"热是热不了啦，这生硬的米饭正适合两位南方人的胃口。老叶对犯人的态度又一次让我不悦。胡发才却吃得十分尽兴，不时地傻笑。

食堂正值饭时，来来往往的食客看着我们三人，纷纷投来好奇的目光。胡发才只是嘿嘿傻笑，像是明星在登台亮相。我心生鄙夷：真是不知何谓羞耻。

吃罢饭，胡发才要上厕所大便。这里的厕所四面露风，十分简陋，很是不便看管。老叶押着他前面走，我虽然不情愿，也只好无奈地跟上去。老叶却不客气地挥挥手，要我站在高处监视外围，他独自押着胡发才去蹲便坑。我透过厕所破烂不堪的遮挡，清晰地看到老叶给胡发才打开手铐又递上手纸，尔后静静地等待。

看着看着，我想起了过去在银幕上看到的警察，在课堂里想象的警察。想起了今天早上，当我穿上崭新的警服，外扎腰带跨明枪，神气十足准备出发的时候……想着想着，我的心里突然一阵酸楚，同时对站在便池旁那个老公安的敬意油然而生。

上车出发，往东去，湖边的路平坦多了，一路两旁金黄色的油菜花迎风飘香，吹来了春天的气息。车过日月山，放眼望去山坡沟壑泛起了淡淡的绿色，到这里我们才真正感受到了春天的来临，而中原内地已是花开花谢杨柳婆娑的暮春时节了。

胡发才时时地歪起头，望着车外春色嘿嘿地傻笑着。

一路下山直奔西宁火车站。火车站派出所的同志们已经接到通知，通勤协助十分尽责，直到把犯人送上火车与乘警接上头，方才握手告别。铁路乘警更是服务周到，让我们三人占了四个人的位置。叶队长环顾四周了一下，把胡发才铐在两座位中间的桌板支柱上，我觉得也只能如此了，就放心地去方便了一下。

但等我从洗手间回来，老叶改变了羁押方式，把胡发才手铐的另一头铐在了自己的手腕上。这一胖一瘦的两个矮个子紧紧地连在了一起，外人还以为我押了两个囚犯呢！这样一来安全性提高了，只是叶队辛苦了许多，使得我有些不好意思。

所幸慢车不慢，从西宁发车，一路下坡，车行欢快，不到两个小时火车抵达兰州。兰州市局的同志们更让人感动，他们派了一辆嘎斯六九吉普车到火车站接上我们直接驶往郊外的市公安局看守所。

胡发才一见要把他押上小车，起始有些紧张，冲着两位接车的民警，又是“报告，班长，我认罪”的说个不停。等车子一开动，老叶一阵上海话和他交流，他傻笑了起来，向叶队长说了一句我听不懂的方言。叶队长告诉我说，他讲的话是江阴话，说他很高兴，做梦也没想到会带他到兰州“白相相”，（“白相相”就是玩耍的意思）。听完叶队的翻译，我不禁心里骂了一句“他妈的”。死囚！害得我们如此辛苦，他却“白相相”。

当天晚上十二点多，把胡发才关进了兰州市看守所。我们则住在了高墙外边的招待所。

◇ 三

兰州市精神病鉴定中心是一个具有法律效力的司法鉴定机构，专门负责西北地区的刑事犯罪嫌疑人的刑事责任的鉴定，对外是个独立单位，对内属于市公安局代管。

第二天一早，我们依照约定赶到鉴定中心向主任递交了档案材料。中心主任是预审处刘副处长兼职的，这是一位浓眉大眼、面色黝黑、走路有些跛拐的西北汉子。只见他热情豪放地迎过来，嗓门洪亮地嚷道：“辛苦了青藏高原的战友，今天组织专家看材料，没有你们的事。我派车送你们到市里逛逛街市，晚上在招待所请你们吃个便饭，兰州拉面，陇南春，好酒喝二两！明天上午请你们一起审讯鉴定对象。”说罢，亲自送我们上车后，方才转身回办公室。

萍水相逢，刘主任的热情款待实在让我受宠若惊，直到晚餐酒过三巡，黑脸大汉一声叹息才道出了其中原委。原来刘主任是进军青海的一军老战士，翻过日月山，马踏柴达木，消灭马匪帮，为解放青海负过伤、流过血，作出过杰出贡献，因此对青海有一份特殊的感情。只听他说：“玉树果洛祁连山，海北海南柴达木，解放青海我跑了个遍。蒋帮马匪加上糟糕的气候，风吹石头跑，山上不长草，我们的战士拉上去，高原缺氧、人困马乏，一年仗打下来，我们一个骑兵连减员近半。我的这只脚就是在唐古拉山顶上被冻掉的。”

他抬了抬右边的假脚接着说：“我记得我们胜利班师回营那天，军长贺炳炎抬起没有受伤的胳膊指着我们说，你们是天下第一军的光荣代表，冲锋陷阵，战天斗地，你们是共和国的功臣啊！从那时候算起离开高原快二十年了，看到你们高原来的民警，我便想起牺牲的战友，来，我们共同举杯遥对为解放青海的亡灵，干杯！你们不怕艰苦，坚守在风雪高原，伟大，我敬你们，干杯！”

看到主任如此动情，我们的老叶不禁悲从中来，一改小家细气的作风连饮了三大杯。

◇◇ 四

兰州到底是大城市，预审室设计现代，装备先进。

上午八点半，预审室内坐了四名专家，这四名专家都是本省精神病学和医学法学学术领域的权威人士，比如医学院院长、精神病院的医务主任都是这里的鉴定员。虽然在“文革”期间，这些专家头上戴着“资产阶级反动权威的帽子”，蒙受不白之冤，时常遭受斗争批判，但是在这里他们受到了应有的尊重。刘主任说：“谁要敢来这里揪斗我们的鉴定专家，老子给他过命!”

下座是犯人胡发才，贼眉鼠眼，正襟危坐，有问必答，不问也答。从出卖新四军伤员，到强奸民女，重点交待了恶毒攻击，火烧庆功楼……老叶观察大家并不完全听明白，急急地跟着翻译。末了，胡发才歪着头、眯着小眼，嘿嘿地傻笑起来。

突然，桌子“叭”地一响，刘主任猛地厉声一问：“胡发才你可知罪?”胡发才并不惊慌，依旧笑着向上作揖：“报告，政府，我认罪!”

胡发才的作为像是一个蹩脚的演员，一切显得假里假气。

专家们的提问也有些莫名其妙，有的竟然问他昨天晚上头朝哪个方向睡觉，喜欢哪些动物。

◇ 五

审讯的第二天，我们便接到通知，胡发才开始接受逐项检查和测试，我们可以回去等候，一个月后再来拿结果接人。

我的押送任务完成了。一个月后也没有再派我去押犯，叶队长一个人把胡发才押回了劳改场。胡发才的精神鉴定结果为：幻想型精神分裂症。因此，依法免予死罪。

作于2013年新春

沙漠疑案

从青藏公路经西宁，到夏日哈进入都兰县，再从诺木洪出境入格尔木市区，过境行程三百二十七公里。二十世纪七十年代初，全线都是沙砾质路基，一队队军车过后，平展如镜的公路就会马上变得波浪起伏，旋涡重重，成为名副其实的搓板路。因此，青藏线作为一级战备公路的养护就成了大问题。

青藏公路之父——原西北军区进藏部队政委、兰州部队后勤政委慕生忠将军，当年兼任青藏公路交通局局长。他在指挥部队逢山开道、遇水架桥的同时，一路组建起了养路段。每十公里设一个道班，招募七八个工人专司养护公路之职。

我讲的沙漠疑案，就发生在青藏公路线上的清水河道班。

◇ 一

清水河，本是一条无名季节河。大部分的日子里，是干枯的乱石滩。一九五四年慕将军来到这里，指着乱石滩中的一条小水沟说，这水很清，就叫它清水河吧！

公路修到清水河，道班建在河沿上，背靠巍巍昆仑，面朝苍茫戈壁，除了河边几簇红柳，便是一望无际的沙漠。这七个人十间房的道班显得分外苍凉和孤独。

这一天，突然喧闹了起来。原来，一早上路的养路工人中午返回，发现一位从四川来探亲的女眷吊在自家门梁上，披头散发，满脸血污。丈夫一声惊叫，冲过去抱下妻子，妻子早已气断身亡，脉息全无。悲痛欲绝的丈夫，一边哭喊亡妻的名字说："我对不起你！"，一边抓起菜刀欲寻短见。多亏道班班长，一个粗壮的山东大汉眼疾手快，抱住了他的双臂，一用劲把他摔倒在地，夺回了菜刀，这才稍事平息。

大家纷纷帮忙把女尸安放在床上。突然那边不知谁喊："人跑了！"大家回头一望，只见死者的丈夫撒腿跑到了河滩上。班长带人飞速赶去，不一会儿便把他擒拿回来，五花大绑地捆了个结实。那人只是长嚎"我对不起你呀"，束手就擒并无别的反抗。

道班的职工家属七嘴八舌议论纷纷，有的说，这两口感情不和，三天两头打闹不断；有的说，男的骂老婆“破鞋”，打啊，昨天晚上喊叫都听见了；有的说，老婆给丈夫“戴绿帽子”，丈夫给老婆捅刀子，这是一起凶杀案。今天上午他上班中途跑回来一趟，敢情不是杀人吧？

有一个满口四川话的小个子，指着死者丈夫的鼻子破口大骂：“龟孙子，杀人凶手，你再跑，老子把你腿剁掉！”

……

道班的班长是这里的“党政一把手”，颇有些权威。只见他反背双手，皱起眉头，踱来踱去，最后突然停下，手指小个子吼道：“马上报案！”

马上报案，谈何容易！清水河道班到诺木洪公社二十多公里，那里只有一个公安特派员，看不了大现场。只好搭货车到有两百多公里之遥的县公安局，辗转到了县公安局已是深更半夜了。当夜值班领导是保卫组副组长孙竹林，他在值班记录上签署处理意见，要求立即通知治安股股长周正书和我做好现场勘查准备，明天早起出发。

收到通知，我一下子紧张起来。我还缺少办案经验，以我当时的水平，独立完成这个现场的勘查，实在力不能及。痕迹和照相还将就，法医是一门独立的学科，我就毫不沾边了。我便爬起来找孙组长报告，孙组长说，州里和省里都请示过了，让我们自己想办法取检材（从尸体取下需要检查化验的材料）到州里鉴定是他杀还是自杀，周股长已同县医院联系好了，明天派医生同往。

◇◇ 二

第二天一早，到汽车站和我们一同出发的是和我同届的北医毕业生赖忠泰。

长途客车不赶点，郭站长为我们安排了过路的大货车。一路颠簸，一路风尘，晌午后到了清水河道班。公社黄书记是一九五六年从河南来的支边青年，今天上午一早，他带领公安特派员、武装干事还有公社卫生所所长等人，已在现场等候。我们下车之后，在道班伙房依照三毛钱的标准，粗茶淡饭之后，便立即投入到工作中。

孙组长全面指挥，重点讯问死者丈夫；周股长组织现场访问；我和赖医生还有公社卫生所所长进行现场勘查，尸体检验。

现场痕迹破坏殆尽，从死者头颅伤痕和菜刀的血迹判断，菜刀是一件很有价值的证据，却让死者的丈夫破坏了。当然，这也增加了丈夫杀妻的疑点。很容易使人推论：丈夫发现妻子红杏出墙，争吵不休。昨天上午，丈夫上工后借故回家，用菜刀杀死妻子后，又制造妻子自缢身亡的假现场。中午，于众目睽睽之下，拿起菜刀佯装自杀，毁灭了遗留在刀柄上的证据。

这种推论虽然有一定的道理，但是，必须有两个证据作支撑：一是死者头颅必须有致命刀伤，二是颈部索沟必须是死后形成。赖医生补充说，如果死者生前口服致其昏迷的药物后，再做悬梁致死，那就得提取胃内容。于是，赖医生在公社卫生所所长的配合下，围绕尸体做了三件事：开颅探伤、开膛提取胃内容、提取颈部索沟肌体组织。下午六时许，对尸体缝合穿戴结束，抬进办公室里间床上暂行保存。工作完毕，赖忠泰脱掉胶手套，用酒精洗了一下手就去吃饭了。虽然我也跟着擦洗了几遍，却总感到有种挥之不去的尸臭。

晚饭后，孙组长召集碰头会，道班有个两间套的办公室，兼作会议室、接待室，来了客人还要兼作餐厅，今天，原本里间摆了两张床，外间摆了三张床，用来接待我们，由于赖医生把里间当作了停尸房，我们的会议只好在外间进行。

会议开始，赖医生、周股长依序汇报。赖医生详细地汇报了尸体检验过程，最后概括说："从初步尸检看，尸表完整，头部软组织有四处刀伤，颅骨完整，颅内没有外力伤害的迹象。我的意见是可以排除头部外伤致死。从尸体外表特征看，显系窒息死亡，从颈部索沟的着色看，也符合生前缢死的特征。当然，是否自缢，还要将所取软组织检材和胃内容送到州里检验才能下结论。"说完抚摸着广阔凸起的前额，仿佛作了一场学术报告的样子，长长地出了一口气。

周股长是个转业军人，直爽干练，性子急，四川话讲得像放机关枪。他的汇报观点鲜明、政治性强，充满了火药味。他把几个调查笔录说给大家听后，语气凝重地说："这是一场严肃的阶级斗争，一个富农子弟对贫下中农子女的阶级报复。女方在家乡批斗老公公会上发了言，丈夫由此怀恨，栽赃说女方与民兵连长偷情。这次探亲，二人越闹越僵，女方坚持无产阶级立场，要与反动家庭划清界限，并且提出离婚。最后导致男方于昨天上午趁道班无人之机，刀杀女方致死，伪造自杀现场。后来又企图毁灭留在刀柄上的指纹，妄图潜逃。我看，这个案件可以报破了。"

孙组长看着我问："还有补充的吗?"

我答道："我注意到死者手上的血迹与刀柄上的血指纹，并且取下标样。初步判断死者生前接触过刀柄。"

孙组长插话："你的意思是死者生前用菜刀自戕过?"

我答复说："可能。结论还需要正式比对后作出鉴定。"

孙组长是来自陕北的"老革命"，"文革"前当过法院院长，处理问题十分老练稳重。

他向我们叙述了对死者丈夫的讯问情况，末了，他缓缓地说道："死者生前处于感情纠结与政治立场复杂的矛盾的状态之中，多次以死相誓，政治上划清界限是真，作风上是否失节，并无真凭实据。前天晚上丈夫拿出父母的亲笔信为据，指责她私通他人，她曾以自刎明志，被丈夫夺刀阻止。当天上午丈夫担心她想不开，中途又回家劝说了一阵，不想她还是走了不归路。丈夫后悔莫及、悲痛欲绝，所以产生了夺刀和逃跑两件事。当然，这也是一面之词，证据是办案的基石，最后的结论必须由现场证据和尸检结果而定。明天小杜去德令哈到州公安处，找冯法医作鉴定，其他人继续按原分工工作。碰头会到此结束，天晚了，休息吧！”

◇◇ 三

散会后，孙组长和黄书记一行坐了诺木洪劳改场借来的嘎斯69回场部休息去了，剩余的我们三位睡在办公室外间的三张床上。等我们把被褥安顿好，周股长又出去在关押死者丈夫的房间门上加了一把大锁，向负责看守的道班班长反复叮咛，一定要提高警惕，不能让人跑了。一切安排停当，这才回来招呼大家宽衣解带，熄灯。

刚才七嘴八舌开着会，对周边环境不十分在意。这时，夜深人静，就不由自主地想起了里屋的女尸，恐惧感随之袭上心头，翻来覆去，怎么也不能入睡。半夜过后，戈壁滩刮起了狂风，风声呼啸，呜呜作响，令人毛骨悚然。我索性坐起来，披上褂子，点了一支香烟。岂料，周股长和赖忠泰几乎同时坐起来点燃了香烟。

周股长深深地吸了一口烟说："睡不着，我给你们讲个故事吧！那一年，当兵路过唐古拉，兵站刚处理一起车祸，各级人马来了不少，以至小站夜半无房。站长是个四川老乡，给我找了一间处理车祸的留用房间，三张床空了一张，我进去便倒头就睡。第二天醒来一看傻眼了，我陪两个尸体睡了一晚。"

末了，股长扔掉烟屁大声说："彻底的唯物主义者是无所畏惧的，睡吧！"

看来我不是彻底的唯物主义者，第一次参加尸体解剖带来的恐惧迟迟挥之不去，钻回被窝的我，仍旧没有睡好，好容易半睡半醒地挨到了天明。

黎明时分，风沙停了，清水河光彩依旧，昆仑山苍然如黛，一望无垠的万里戈壁在晨曦中泛起点点绿光。虽然已是夏季天气，柴达木盆地的早晨依然寒气袭人。我匆匆起来到隔壁厨房，擦洗一把脸，稀饭、馒头、咸菜简单一吃，便背上勘查箱，带上"检材"，搭便车取道茶卡转乘客车，当晚到达海西蒙古族藏族自治州州府德令哈，将送检报告和"检材"送到了公安技术法医检验中心。

◇◇ 四

第二天上午十点多，与法医检验中心主任冯法医一见面，便毫不留情地一边批评，一边向我通报了检验结果。这位支边十几年的上海人，操着独特的普通话口音："判断是否自缢身亡，只需要解决两个问题：一是索沟软组织的变化，二是窒息死亡所引起的尸表变化。你们费了一天的时间，剖腹开颅，取了那么多的'检材'。听说你们都是大学毕业生，是谁教的，用的什么教材?"虽然是严词追问，却显然不需要回答。

冯法医看着我的窘态，大概有些恻隐之心，话锋一转："当然，你们这样做，排除了各种他杀的可能性，作为原始的排除法，在法医学史上，并不是没有一点根据的。因此，我们认为该女颈部索沟是生前伤痕，其死亡的直接原因是颈部气管和主动脉被缢造成的窒息死亡。"

当我把这个结论通知到清水河的时候，引起了轩然大波。

前天晚上，当我们坐在床上点着香烟听周股长讲故事的时候，死者的丈夫挖开后墙冒着风沙逃跑了。等上午班长打开门锁送饭时发现，为时已晚。风沙过后的大戈壁踪迹全无，无以判定追逃方向。如果死者丈夫是按照第一次逃跑路线去了沙漠深处，那必定是死路一条；若是绕过道班，到公路上拦车远逃，这并不是件难事，青藏线上平均十分钟就有一辆车路过，搭乘便车是常见的事。

这一次召开的紧急会议上，周股长力主"他杀"的意见占了上风。会议拟定了几条追捕搜索的措施，准备行动。州里意见一到，大家又是一阵慌乱。孙组长宣布："我们专案人员回县里向领导请示，公社和道班不要松懈，继续组织追捕，同时做好善后工作。"

返回县里后，周股长让我整理好卷宗，写出报告，等候孙组长汇报研究。没料到一直等到几个月后孙组长调任巴隆公社书记，也没有接到汇报案件的通知。孙书记走马上任前，我拿着卷宗找他汇报，孙书记摇摇头说："州里都有了意见了，还研究什么？就是个上吊自杀嘛！"

回到办公室，我在卷宗首页上写道：无法结案。

这份报告，已经蒙上了近半个世纪的风尘，朦胧中的疑惑却伴随着我从警的路程，不时地浮现在我五味杂陈的记忆中。

作于2013年冬

公厕反标侦破记

接过技术室的钥匙不久，就接到了报案。

那是一天凌晨七时许，察汗乌苏镇文化馆侧旁的公厕内发现五字反标。保卫组值班组长、原公安局局长雷殿元即刻令我带上勘查包随他赶赴现场。

◇◇ 一

察汗乌苏镇是县城所在地，文化馆离保卫组（公安局）不到三里地，骑上自行车一溜烟就到了。可这一路上，我一直心里忐忑不安。虽然，我知道反标的现场重点是笔迹，现场勘查并不复杂，但毕竟是第一次，心里没有一点底数。还好，雷局长的一番话让我如释重负。

一到现场，雷局长同先期到达的几位同志打了个招呼，然后，一边走向厕所，一边对我说："拿出现场勘查笔记本来开始记：本案现场勘查组长兼勘查员雷殿元；照相、痕迹兼书记员杜斌国；这三位，街道办主任、治保会主任、文化馆职工，是现场见证人。记上了吗？好，现在，我们做主体现场的定位：主体现场为距离东方红大街南三米的公共厕所，东距文化馆西墙约三十五米；西墙紧靠武装部东墙；北距都兰小学大门约二百三十米。"

不管距离远近，雷局长总要迈出均匀的大步亲自丈量，完了，向我用浓重的青海话解释道："我这个步距是经过训练的，一步九十厘米，一百步误差十厘米。"说罢笑了笑，显示出自信与矜持。我在惶恐与钦佩之中忙不迭地做着记录，然后，从不同角度对现场做了方位照相。

进入中心现场厕所内，我是准备了口罩的，我看雷局长不戴，我也不好意思拿出来。冲着熏天臭气，局长不怕臭，我们也只好忍一忍了。

他让馆长扯来一条电线装上聚光灯，然后，一边勘查，一边口述："反标的五个字，呈右斜五十二度上下排列，长六十七厘米，宽九厘米，字迹清晰，不规则，特征明显。白色粉笔书写。"

他让我拿出工具提取反标正下方，大便池后方，粉笔尘末些许。又在大便池边上，用石膏提取了三枚残留脚印。

此刻，雷局长稍事小憩，掏出一支牡丹牌香烟点上，看看我，扬了扬香烟：“怎么，不会？香烟避臭，抽吧！”

我接过雷局长的香烟猛地吸了一口，啊，烟味比粪便味好闻多了。一九七〇年四月那一天，自从抽了雷局长的烟后，我便走进了烟民的队伍，一发不可收拾地吸了几十年。

点上烟，雷局长继续口述：“反标位于西山墙下方。其五点钟处斜下方，距从南向北数第三个粪便池六十八厘米，反标的上方距屋顶两米三十厘米，距北山墙三米，南山墙两米八。”现场勘查进行到这一步，时间已是下午一时半了。剩下的现场工作是照相。我跟局长要了支烟，鼓起舍我其谁的勇气说：“有个人帮我打灯光就行了，局长外边歇歇吧。”不料雷局长并不领情，他说：“小杜哇，我有省里发给的技术鉴定资格证书，你没有。你要经过一段实践方能取得资格，现在，你的每一项工作都需要我的鉴证认可。”虽然他没有采纳我的意见，但我从他那慢条斯理，字斟句酌的话语中，感到了手中相机的沉重；从他那手执聚光灯，一丝不苟的目光中，感到了警察职业的一份神圣。

于是，我按照教材和雷局长的要求，从不同的角度仔细研究书写痕迹与特征，不断地变换光圈与速度，增大景深，提高清晰度，为了祖国和人民的利益，满怀对伟大领袖的忠诚，一定要用证据把罪犯送上法庭。

为了增加成功的保险系数，我分别用三种型号的135相机照了三卷底片，但我对拍摄效果仍然心中无数。

下午三时许，现场勘查结束。

◇◇ 二

为了预防万一取证失败，我对中心现场施行了封闭保护，以便需要时重新补救。然后，匆匆返回机关，直奔技术室，打开暗房，找出反差最大的显影液配方，用天平一样样称出配好。接着，再配好定影液。当我从相机中取出胶卷准备显影的时候，室外传来了敲门声。我把胶卷放进显影罐中封闭，定时，然后从红色暗室中走出。

打开门一看，原来是雷局长从家里端来了一大碗面，另加一个白面馍。这时我才想起早该吃午饭了。奇怪，是忙昏了头，还是臭气破坏了食欲？当时竟不觉得饿。

“吃吧，我们青海人的尕面片儿。”局长把饭碗递给我，走进内室开始接替我的工作。

雷局长是东部农业县的青海人，新中国成立初期参加工作，是西安警校一期毕业生，老牌技术员。他曾经当过互助县公安局治安（包括刑事侦查）股长、副局长，“文革”前是都兰县的公安局局长。这个在当时装备优良的技术室，就是雷局领着建的。“文革”中他被批斗、罢官，其中“技术挂帅”算是一项重要错误。因为去年重案极多，搞“政治挂帅”，却破案不力，他才被

“解放”，结合在县革命委员会保卫组任副组长，主管政保内保。技术室这些活儿，对于他来说，做起来是驾轻就熟。

不一会儿，他招呼我过来，指着胶卷说：“有几张很好，马上印三十套，我去通知开会研究案情。”

哈！现场拍照成功，我一直悬在半空的心总算落地了。

当我拿着印好的反标照片和现场草图，匆匆赶到会议室的时候，专案人员已经到齐了。军管组组长尹相辉坐在会议桌主席位上，见我过来，向大家宣布开会。他说：“今天，开个短会。共两项议程，一是由小杜汇报现场勘查情况，二是由老雷部署工作。”

我把现场草图张贴在东山墙上，一边手指，一边按照方位概念、中心细目逐一汇报，并展示了现场提取的物证。最后，从现场出发，我认为侦查范围应该是：“一、对党、对国家、对伟大领袖、对‘文化大革命’怀有刻骨仇恨的人；二、家庭、亲戚、本人受过批斗打击处理，与杀、关、管对象有关系的人；三、从字迹歪歪扭扭、书写不规范等特征可以看出，罪犯文化程度较低，但不排除伪装；四、从书写工具看，要注意有接触光明牌粉笔的人；五、居住在现场附近，有到公厕方便的习惯，并且具有作案时间的人。”

雷局长接着肯定了我的发言，简明扼要地给罪犯画了一个像：“根据足迹和反标离地面距离判断，罪犯个头不高，1.3 米左右。根据罪犯所排大便看，上顿饭他吃的应该是糌粑。因此，罪犯是我们当地人的可能性较大。根据反标的书写特征，运笔起落看，罪犯应该是少年初犯。”雷局长把现场周围的大小单位，街道居民小组，逐一安排到人。要求发动群众，搜集笔迹，摸底排队。最后，好像漫不经心地说：“我和小杜去都兰小学。”

军管组组长尹相辉，最后讲了八个字：“提高认识，高度重示。”要求从“三忠于四无限”的政治高度去认识案件、分析案件、侦破案件。像解放军战士与敌人交锋那样分秒必争、高度重视、不怕疲劳、连夜奋战、尽快抓捕罪犯。

部队作风雷厉风行。一散会，大家便奔赴各自的岗位，开始工作。

三

案件侦破的顺利，完全出人所料。

通过一个夜晚的宣传发动，不到一万人的小镇，已经沸沸扬扬了。在那个没有娱乐、没有书读的寂寞夜晚，本来对政治就十分敏感的芸芸众生，自然无比兴奋地把公厕里发生的这件事，既当作炕头逸闻又当作头等政治大事，传播得淋漓尽致。

事后看来，雷局长对重点区位，早已准确地定位在都兰小学。经过连夜召开党团骨干会、教师会，层层部署、摸底排队、检举揭发，第二天上午十时许，一条很有价值的线索呈报到专案组的办公桌上。

五年级三班学生李才仁，今年十三岁，个头约一米三。昨天上午，公安局在勘查现场的时候，他溜过去偷看，回来后神色紧张表现反常。下午，没有上学。今天上午到九点时，他还没来。学校老师感到奇怪，和班长一起观察了他坐的课桌，发现抽屉中有粉笔，练习本中有“打倒”字样。送来一看，毫无伪装，与现场笔迹显然是一人书写。因此，李才仁有重大作案嫌疑。

我的任务是立即到省厅送检，结果和我们的判断一致，此案告破。

后来，听说政保股的同志们进一步了解到，李才仁是巴隆公社一个牧主的儿子，父亲是“戴帽分子”，他在城里跟着当县政协副主席的姑姑上学。“文革”肆虐，姑姑进了“牛棚”。

所幸，李才仁年少，不够刑事处罚的年龄。可他再也没有回到课堂上。

一个案件破了，没有成功的喜悦与得意，却心生一股沉重与迷茫。是忧虑，是惶惑？是不安，是惘然？在那个年代，也只有凝结成一声长长的叹息，成为一直想忘，却又忘不掉的记忆。

记忆，在岁月的流逝中漂过了几十个春秋 。

作于2013年隆冬

酒　缘

人生一世离不开酒。

生儿育女，亲朋好友庆贺一番，离不开酒；男婚女嫁，大喜大庆，摆酒设宴，离不开酒；酒逢知己千杯少，酒成了检验哥们义气的尺度；双眉紧锁，愁绪满怀，“何以解忧，唯有杜康”，更是离不开酒。就连给老人送葬，“黄泉路上酒三杯，奈何桥上不回头”，也离不开酒。

古人喝酒才叫玩命，“把酒问青天”，可惜天上没有酒，“何似在人间”。毛泽东把酒送上了月宫，吴刚捧出桂花酒，泪洒忠魂，都只为有了酒。

“人生几何，对酒当歌”，说的是一种生活态度。“把酒时看剑”，说的是一种战斗姿态，酒壮行色，慨当以慷。

杜氏是个小姓，古往今来，青史留名者寥若晨星，至今还受百姓拥戴者，除了杜甫和杜牧两位大书生外，就是酒的发明者杜康了。

我们这一门的老杜家，祖上也颇能饮酒。爷爷的老亲师承祖业是个酿酒的高手。爷爷可以说是在酒缸中泡大的，练就了一身的酒胆豪气。村里的红白大事，离不开他当陪客，从早喝到晚，碗碗见底，硬是清醒如初，迎来送往，礼貌周全，事无巨细，指挥若定，安排得井然有序。乡亲们钦佩他的武功更称赞他的酒量。到了父亲这一辈人就差多了。父亲酒量尚可，只是醉酒失态。我考上大学那一年，几位老战友起哄，逼他请客，喝了个酩酊大醉，老班长李富昌指挥他扛了一把长把扫帚，说是机关枪，喊着口令“一、二、一，一、二、一”，满院子正步走。引来了一片笑声。

到了我这一辈更是一代不如一代了。

我喝酒始于昆仑山余脉的黑山脚下，那一年，一九七一年，“林彪事件”后的十月份，我以革命的名义，以不怕牺牲的精神端起了酒杯，喝了个天昏地暗。

那天一早，我接到军管组办公室的通知，要我备好枪、选好马，跟随军管组组长、武装部副部长尹相辉到热水公社黑山牧区宣讲中央十七号文件。尹部长是一位生在汉区的藏民干部，不久前从骑兵团调来武装部，他生得高大魁梧，十分彪悍。跑马上山，如虎添翼，真叫人羡慕。

另一位陈干事是一位出生在牧区的汉人，骑马打枪样样精通。这一行人只有我是一个高原上的新兵，打枪不准，骑术更差。养马的老蒲特地为我配了一匹老实马，谁知越是老实越不中用，跑没跑样，走没走相。上次下乡走到河边，马失前蹄，我把缰绳一勒，马惊了，差点把我撂进冰河里。这次，老蒲给我牵过一匹马来，说："这匹比上次那个强，骑的多了就会了。"在老蒲的帮助下，我骑上遛了一圈，整装上路。

看山跑死马。从县城察汗乌苏到热水公社，中间并无村庄，绕过一个山头就是了，我们却走了五个来小时，草草吃过午饭，公社便组织传达文件，陈干事用本地汉话读一遍。尹部长用藏话讲一通。干部和群众都很激动，立场坚定地喊了些口号，便急忙向黑山方向进发。

尹部长翻身上马，动作那样轻快敏捷。望着眼前辽阔的草原和远处的高山，他兴奋地吹了一声口哨，打马飞驰而去。紧接着公社书记、武装干事、保卫干事策马扬鞭追了上去。

上午，大家在一起边走边聊，速度不快，我虽然很累也还跟得上。

下午，这一阵跑马，把我的五脏六腑差点都颠了出来，样子十分狼狈。陈干事快一阵子慢一阵子，前后招呼着。他一边指点一边嚷嚷，"不要紧张，放松些"！"身体要与马背的上下协调起来"！

陈干事的指点是对的，只是我无论如何也轻松不起来。好歹翻过一道山梁，前边的慢了下来。只见尹部长远远地用马鞭子指着我：“你那个熊样，到草原不学会骑马，能干革命吗？”

如此呵斥，让我很没面子。不过，这才是开始呢。

十月的黑山上已是白雪皑皑，山下的草地与片片积雪交织在了一起。夕阳下，像是绿色的海洋中泛起了层层波浪，别有一番风景。山包背风向阳处，点点帐房，星罗棋布，牛羊成群，炊烟袅袅，那便是我们今晚的宿营地了。

最先跑过来欢迎我们的是几只牧羊犬，老支书希候巴随后走出帐房向我们招手。

我怕狗，尤其是青藏高原的藏獒。通往帐房的路两边有几只蹦来蹦去欢叫着的牧羊犬，另一边有一只拴在柱子上的大黑狗(后来才知道它就是藏獒)，支棱着耳朵静静地蹲着。我胆怯地选择了从拴狗的一边走，却不料策马刚过，那只半人多高的狗挣脱绳索忽地蹿了上来，咬住了我马鞍下的皮大衣。我慌忙回身用马鞭抽打。陈干事边喊“把马头掉过来”，边过来帮我。我这时才想起要掉过马头对准狗才对。等我掉过马头时，狗已被陈干事撵到一边去了。老支书希候巴也赶了过来扶我下马，连声表示歉意。尹部长站在一边只是笑，他告诉希候巴，这个年轻人是从北京来的大学生，不会骑马，不会吃糌粑，也不会喝酒。

弯腰进帐房，席地而坐。主人先是递上一碗浓浓的酥油茶，外边已开始杀羊了。喝完茶就要拌糌粑，糌粑就是炒熟的粗粗的青稞面放上酥油（也就是奶油），用手搓和而成。我学着陈干事的样子，亦步亦趋小心翼翼，还是把面粉从碗里洒出了许多。其实，糌粑并不难吃，我只是没有部长吃得那样香。部长边吃边用藏语同老乡们交谈着，陈干事告诉我，部长在讲“林彪事件”呢。陈干事是老三届高中生，藏话、蒙语都懂一些，很有些文化底子。不一会儿，主人杀好了一只羊，割成几大块拿过来，扔进支在帐房中间的大锅里。正在帐房的另侧和面做尕面片儿的支书大嫂，扭过身来顺手往火里添了些牛粪，拍了拍手上的粪渣，没有洗手又去和面去了。

我看呆了，这高原上的牛粪果然是能吃的吗?

二十分钟不到，大块的稍稍渗血的羊肉捞上来了，每人一把藏刀，每人一碗青稞酒，支书把酒高高举起：“嘎索，嘎索。”大约是说了一句欢迎的话，递给了尹部长。

尹部长接过碗，用右手食指蘸酒向上弹了一下，向下弹了一下，又摸了一下前额，然后一饮而尽。接着在座的挨个饮了一碗，只剩下我了。

尹部长看出了我的胆怯，直直地瞪着我：“这可是贫下中牧的情义，你能不喝吗?”

我心里咯噔一下，心想，早听说，进了帐房，喝不喝藏民同胞的酒可是个政治问题，果然如此。

我默念着主席语录“下定决心，不怕牺牲”，双手端酒一口气喝了下去。那神态有点像雄赳赳、气昂昂准备慷慨就义的地下党员。

也许是紧张，样子还有点滑稽，惹得大家哈哈大笑。

一碗酒下肚，越喝越兴奋。原来这酒也不是那么可怕，不就是晕晕乎乎吗！酒中乾坤大，这大千世界大了，我的脑袋大了，胆子也大了。先敬解放军、军管会，金珠玛米亚古都；再敬支书希候巴，向贫下中牧学习！谁说我不会喝酒？咱俩喝一碗？也不管部长答应不答应一碰就喝干。再喝一碗，来……今天，我一定要比他们喝得多，让他们看看我这个大学生也不熊。

喝酒的感觉实在好。一天的委屈，一天的疲劳，没有了。该说不该说的都说了，该吃不愿吃的都吃了，什么带血的肉，牛粪烬面片统统不在话下，痛快淋漓，恍若羽化成仙，好极了！只是，后来往后一倒，我便什么都不记得了。

第二天醒来的时候，发现我身上盖了两件皮大衣。陈干事告诉我：“是部长把自己的给你盖了。”接着压低声音：“昨天晚上表现不错，连喝三碗，还唱了革命样板戏。”

我忙问：“出洋相了？”

陈干事答非所问：“部长很高兴，说这个大学生对咱牧区还有点革命感情。”

在那个年代，这是对我这样接受再教育的学生难得的评价了。虽然只是“有点”而已。我揉了揉发胀的双鬓，终于长长地出了一口气，一颗悬起来的心落下了。

我郑重地感谢时任青海省都兰县公、检、法军事管制领导小组组长、县武装部副部长尹相辉同志。那一天，我以革命的名义学会了骑马、喝酒、吃手抓肉、吃糌粑。从那一天起，我与豪爽侠义、热情好客的藏族兄弟一下子缩短了距离，变得亲热起来。在以后的警察生涯中，上昆仑、过白水、穿戈壁，只要走进帐房或是蒙古包，大块吃肉，大碗喝酒，我们的工作保准会受到民族兄弟更为热情的支持和毫无保留的配合。他们认可了我这个敢于喝酒的好兄弟。

十多年后，我在郑州市公安局当主管刑侦的副局长。一次带领大家侦破一起涉枪暴力案件，案犯在逃跑过程中把手枪扔进了北郊一条污水沟中。同志们有的拿铁锹，有的拿扒钩，在污泥中打捞了半天，毫无结果。如果天黑以前找不出枪支，重要的证据就有可能丢失，案件侦破就会前功尽弃，就此搁浅。眼看天黑了，要想结束战斗，只有一个办法，脱鞋下水用手摸。此时，正值严冬，天空中飘着雪花，泥泞中结着细冰。我把同志们召集起来简单地动员了几句，打开一瓶白酒一口气喝下了一半，鞋一脱、裤子一挽，带头跳进冰冷刺骨的污泥中。顿时，群情激奋，百名队员争先恐后地在五里长的泥沟里奋战了半个多小时，终于找到了枪支，完成了任务。事后有人告诉我，路旁小卖部的劣质白酒让同志们喝光了。全国优秀警察关福昌在侦破这起案件期间，又一次立了个三等功。

是酒冲掉了寒冷，给我们带来了英雄豪气，也给我们带来了胜利的喜悦。

当然，我并不是赞同不分对象、不分时间、不分场合的乱喝酒，更是反对酗酒闹事，违纪犯法。记得一九八六年二七分局侦破了一起德华街杀人抢劫案。晚上大家一起喝酒，一位立功的主力侦查员酒后开枪，造成了不良的社会影响，受到了严肃处分，并通报了全市。在一个案件中既立功又受处分，这位侦查员也因此出了名。

还有的民警因酒犯事，自丢饭碗者有之，锒铛入狱者有之，那就不是酿酒者的初衷了。

酒，这个东西既好又不好，不该喝时喝了犯错误，该喝时却不喝的也不对。

“饮酒不醉真英豪”，酒，还是不醉为好。

作于2007年仲春

赶 集

小时候，喜欢跟在妈妈身后去赶集，转悠大半天，总能混个麦芽糖、炸馃子吃。赶上季节还能吃上甜瓜、西瓜、柿子一些时令水果。

长大后，成家立业，先为人夫又为人父，小日子过起来，双职工忙里忙外，柴米油盐酱醋茶、萝卜白菜葱，自然少不了出入集贸市场。只是后来取缔了个体商贩、自由市场，农民进城卖一点农副产品也被当作资本主义尾巴给割掉了。城里只剩下国营商店一花独放，实在没什么好逛的。倒是偏远乡村“野火烧不尽”，自由市场时聚时散、时兴时灭，一不小心又会形成集市，热闹得让人向往。

那一年，我在舞钢市当警察，忙里偷闲，趁个星期天一大早骑上自行车到城南十五里的杨庄赶集。这里是一个公社机关的所在地，过去是山区的一个大集镇，十分热闹繁华。现在，虽然有些萧条，但还是比城里强多了。刚从地里拔出来的新鲜蔬菜，水灵灵、青翠欲滴，鸡鸭鱼蛋，应有尽有，街中十字路口肉摊上挂了两扇肥猪肉，看着让人眼馋。正逛着，突然一阵骚乱，一群头戴大盖帽的市管（市场管理人员）气势汹汹地从街头走来。摆摊设点的农民徒然色变，纷纷收拾家什，四处逃窜。跑得慢的被逮住，罚款的罚款、没收的没收。那情景好像是电影里上演的日本鬼子进村扫荡一样，满街的乱糟糟，鸡飞狗叫，吵闹声、骂声四起。我身边有一位中年妇女赶忙收拢地上的一手巾兜儿鸡蛋，慌不择路一下子跌倒在路边，摔破了鸡蛋。那妇女眼睁睁地看着那舍不得让孩子吃、准备换钱买油盐的鸡蛋破了一大半，一屁股坐在地上，竟呜呜地哭起来。我感到心头一阵酸楚，不觉悲从中来，转过身冲着那女人说："大嫂，你这鸡蛋我买了。"那女人揉揉眼茫然地看着我，我弯腰把好的、坏的一并数了，算好了钱如数给她。这时候一位市管走过来，不知是被我的气势震住了，还是良心未泯，弯腰帮我把鸡蛋拾起，又把装鸡蛋用的脏兮兮的蓝布手巾抖了抖尘土递给那妇女，算是认可了这桩买卖。那妇女起身千谢万谢地蹒跚而去。

"春江水暖鸭先知"，集贸市场是改革开放的温度计，经济发展的晴雨表。这些年，经济飞速发展，市场繁荣昌盛。到处可见集贸市场，城里又有了大超市，买东西方便得很，再也用不着踏上自行车去十几里路外买鸡蛋了。农民进城也好，小商小贩也好，早已成了社会主义市场经济的正规军，卖鸡蛋被罚，买鸡蛋提心吊胆，已经成为遥远的历史了，而我仍旧爱赶集。

赶集真好。当我腆着日益凸起来的肚子，在街头集市无忧无虑地徜徉时，我感到了一种惬意和满足。

作于2006年隆冬

载于2007年1月7日《海南日报》

过 年

相传很久很久以前有个叫“年”的妖怪，硕大无比，凶神恶煞，掳掠民财，涂炭生灵，所到之处民不聊生。每逢冬去春来，严寒退去的时候，便四处作孽，侵扰百姓。后来，善良的人们在同“年”的斗争中，终于找到了“爆竹”这样一种退敌的武器。于是，在年来的时候，爆竹声声，烟花怒放，锣鼓喧天，那妖怪便颓然败逃，踪影全无，人们由此安居乐业。为了纪念这场人类与灾难斗争的胜利，过年便成了万民同庆的重大节日。当然敲锣打鼓、燃放爆竹与烟花是必不可少的。

这个古老的传说，告诉我们一个道理，居安要思危，喜庆欢乐总是与艰苦斗争连在一起的。

这使我想起了警察这个职业。为了千家万户平平安安的喜庆欢乐，当警察的就只能日夜思危，辛苦工作了。只要犯罪作为社会现象长期存在，警察就别想轻松，别想去享受、去玩个兴高采烈、去喝个痛快淋漓。特别是在过年过节的时候。

不到年底，就要制订两节（元旦、春节）安全保卫工作方案，从打、防、管、教等各方面作一个系统工程，环环相扣，步步为营，紧锣密鼓地进入了战斗状态。元旦刚过，值班民警的轮休还没来得及安排，紧接着又开始了春节安全保卫工作的动员部署。先是集中警力集中时间集中精力打上一个战役，然后再提前一个星期安排值大班。过去长期实行的是“三三制”，即三分之一值班，三分之一待命，三分之一休息。后来，治安形势紧张，干脆牺牲假期全部在岗。两年后，反映强烈，应了“张而不弛文武不能，弛而不张文武不为，一张一弛文武之道”的老话，大家实在受不了，公安部又强调合理使用警力，珍惜民警的体力，又转变成相对固定的二分之一在岗，二分之一休息。即便是这样安排，相当一部分的警种和领导骨干实际上是不可能休息的，因为他们无法间断手中的案件侦查。那一半在家轮休的同志奉命不准离开本辖区，并且要打开对讲机、手机、BP 机，做好应急准备。

年前，家家户户喜气洋洋，办年货、贴对联，离家在外的学生、干部、工人行色匆匆，急急忙忙往家赶，成群结队的农民在回家的人流中摩肩接踵，慌不择路，就连流窜在外的盗贼也在暗中混进了回家的队伍。这时，我们的派出所民警和从上而下的治安警、交通警，除了加强对复杂场所、重点部位的控制外，还要维持良好的人员大流动的治安秩序，解决农民工返乡前带来的混乱和纠纷，防范人口流动中产生的犯罪和突发事件的发生。如此大的工作量，其繁忙是可想而知的。

刑警处在同刑事犯罪作斗争的最前线，工作也最辛苦、最危险。“想立功干刑侦”，从另一个角度看，恰好说明了这个警种的特殊性。在很多时候，特别是节日期间，他们不能回家睡觉，甚至过年也不能回家吃个团圆饭。为此，他们中也有人会讲怪话、发牢骚。

记得有一年除夕夜，我去刑侦队值班室察看，老远就听到有两个人你一句我一句地在“骂娘”。

一个高亢地叫道：“上班三年没让我回家吃上一次除夕饭，下一辈子要再当刑警我他妈的不是人。”

另一个低沉的声音嘶哑地回话道：“你才三年，新警蛋子，老子八年了。”

那一位不服气挖苦道：“你去年跑回去吃年饭，害得队长替你值班，你有脸充大？”

坏了，这句话太重了，我快步走到门口，倒是另一位嘶哑着声音却低沉了下去：“你嫂子不是有病吗？”

高亢的声音并不轻饶：“算了吧，谁不知道你怕老婆。”

另一个反唇相讥：“你不怕？下午，你媳妇找上门来，你咋躲进技术室不出来。”

良久，始作俑者的那位终于心平气和地说：“倒也是，当警察的有几个不怕老婆的呢？咱们欠家属的太多了。局长不也是吗?”

闹了半天，火烧到我身上了。我用力咳嗽一声推门进去，下了一道命令：“回去把老婆接到局里来，一块熬年。”

可惜，这道命令没能兑现，我前脚走他们后脚就按照队长的安排堵窝子抓逃犯去了。照咱们老刑警的话说，这世界上有两种人怕回去过年，一种是逃犯怕被堵窝子，一种是警察怕失去追逃的好机会。

我们这些警察就是这样，牢骚归牢骚，任务来了照样拼命，千万别他们的怪话当成真。

我常常在紧张的除夕夜中迎来初一的黎明。那些年也不知哪儿来得那么多精神，办公室里沙发上躺一会儿，五更鞭炮一响，一个激灵爬了起来，擦把脸就去查岗拜年。

第一站是指挥中心，这里汇总情况信息，发布处置命令，是公安机关的指挥中枢。一九九三年，李鹏同志就是在海口市公安局指挥中心向全国发了“向科技要警力”的号令。初一这一天凌晨，我和班子里的同事走进指挥室，向战斗在这里的民警问候，并通过我们亲手建成的信息系统向全市人民警察发出了春节慰问的电讯。

第二站是去看守所看望值班武警和监管民警。这里的警察越是过节越是提心吊胆，担心那些在押人员情绪不稳，寻衅闹事。保证安全的重要环节是抓好人性化管理，安排好吃的，适当搞些娱乐活动。我们一到看守所直奔伙房，先看看饺子包了没有，再看大锅菜里的肉分量够不够，然后，挨号检查一下卫生如何，询问一下在押人员的情绪状况。这几年，在高高的监舍墙壁上装了电视，狱号管理就顺心多了。看完“号”里，便大步走过看守中队的营房，意气风发的战士列队唱着“说句心里话”。那歌声让人动情，让人从心里敬爱这群远离故乡、亲人来到这里站岗放哨的年轻人。我从心里说，向你们敬礼了，人民的卫士！末了，临上车，我再一次嘱咐送行的所长和教导员：“辛苦了，希望你们再辛苦一些，千万不能出事。”每每看着那频频点头的老民警，我总是感慨万端，总觉得我们当领导的欠了他们很多很多。

第三站是要去一个派出所。基层基础最重要。派出所面对群众，既是防范的第一线，又是打击处理的第一线，更重要的还是为群众服务的窗口。初一上午，派出所除了值班人员外，全部到辖区配合交巡警巡逻去了。这时的街道上车如流水马如龙，万绿园游人如织，西海岸人流如潮，到处欢歌笑语，到处是欢乐的海洋。望着站在马路上值勤的民警，望着在人群中警惕地四处张望的便衣，我的眼眶湿润了。

同志们，当你吃完热腾腾的饺子准备合家出游共享天伦之乐的时候，当你带着妻儿老小漫步公园的时候，当你悠然自得地嗑着瓜子、嚼着甘蔗观看西海岸的歌舞的时候，你可曾看到我们民警紧张战斗的英姿？你可曾想到我们的警察吃盒饭、喝矿泉水也许还饥肠辘辘呢？

领导想到了，群众看到了。

记得有一年，市长带着装上饺子的饭盒来到交警岗楼，双手递给了值勤民警，让民警激动得一时慌了神，右手接饭盒，却用左手敬了个礼。市长友好地笑了，周围的群众也笑了。突然，从人群中走出一个穿红戴绿的小女孩，双手向民警送上一个大红苹果，张了张嘴，却没有言语。喧闹的十字大街突然静了下来，“此处无声胜有声啊”！所有在场的人深深地感动了。

不知是谁，带头鼓起了掌，掌声雷动，久久地在城市上空回荡。

往事如烟，我真的想再去给值勤的民警拜个年，送上一盒热气腾腾的饺子。

以一个退休警察的身份。

作于 2007 年初春

载于 2007 年 4 月 8 日《海南日报》

睡 觉

多长时间没有睡个好觉了？想不起来了，三十多年的公安工作，从不记得睡过一个好觉，记得的除了熬夜，还是熬夜，无穷无尽的夜以继日。

刚参加工作不久，专案组分派我去调查取证，跑了两天没见到人。老股长说："公安工作大多在夜间，你晚上十二点过后再去。"照他的话，果然灵验。

那个年代，白天要"天天读"，集中时间政治学习，还要参加各种会议，业务工作只能是晚上加班加点。再说"月黑杀人夜"，犯罪分子实施犯罪，特别是重大犯罪，也大多发生在夜间。所以，公安工作最忙的时段也是夜间。

那一年跟随局长下去检查工作，这位抗战时期的老干部一上车就大呼噜、小呼噜的酣然大睡，一下车就精神抖擞地投入工作，即便是十来分钟，他也能酣然入梦。我却是一路的兴奋，一下车就跟着听汇报、写记录，第二天还要出简报，不出三天把我搞得疲惫不堪，那位老领导依然故我，十分精神。他看我如此狼狈，就认真地教诲我："搞公安，首先得学会睡觉，会睡觉才能熬夜，这是公安第一基本功啊。"

这个基本功是要学习的，更多的是在工作中磨炼出来的。

前些年，时兴大清查，也都在晚上。晚上八点半集合，老局长布置任务动员报告，会后分组讨论方案具体分工。晚上十点钟，老局长一声令下，几百名民警走进漆黑的夜色中，开始紧张地工作。午夜十二时过后，各小组陆续带回了各自的工作对象。于是，派出所、分局所有能用的房间都当成了讯问室，有的回来晚了找不到房间，就蹲在楼梯的拐角处灯下，照样问话作记录。接着便是报批材料审结处理。这时，机关食堂的夜餐好了，油馍、包子、胡辣汤。老局长说了，管够。那些年没有加班费，熬夜的辛苦钱也就是这顿夜餐了。老局长深谙此道，每次"严打"组织统一行动，老局长都要亲自下厨房安排食谱。有一次竟然创下了半个月夜餐不重样的纪录，使得我们这些民警一到晚上就兴奋。大肉萝卜炖粉条、油馍包子胡辣汤，外加八毛钱一瓶的伏牛白，这夜班干得热火朝天，能不出成绩吗！

后来，我当了局长。社会治安形势仍然持续严峻，"严打"作为集中一个时期的阶段性措施，变成了长期工作的指导方针。

老一套行之有效的路数不能丢。因此，我们又在全国率先提出“标本兼治加强基础”，组织了“基础杯”竞赛活动。于是，刑侦、治安“两个轮子一齐转”，各警种齐动员，郑州市一万余名公安民警进入了永无休止的紧张状态。我这个从基层民警干上来的始作俑者，自然更是繁忙，很多时候只有在工作的途中坐在车上睡觉了。

长此以往，果真学会了上车就睡觉，分秒必争地打瞌睡。也养成了一个坏毛病：夜晚精神焕发活蹦乱跳，白天萎靡不振无精打采。知道的，说公安工作辛苦，不知道的，说老杜爱瞌睡精神不集中。甚至，领导在场不小心打个盹，那可就犯大忌了，落个“大不敬”，影响自己前程。

那年，新密银行被抢，四名从甘肃流窜来的持枪歹徒作案后跑到山沟里，省里成立指挥部调集了三千多名警察。我是现场指挥，带领民警与歹徒斗智斗勇，在雨中泥泞的路上三天三夜没合眼，终于大获全胜。等我赶回指挥部向省领导汇报时，实在控制不住，竟然当着政法委书记的面打起了瞌睡。邻座的政委要把我捅醒，却被书记拦住，说：“不要叫他，让他睡一会儿，他太辛苦了。”接下来，会议室鸦雀无声，大家在等我一个人过睡瘾。其实，一个盹打过之后，我早已醒了，书记的话我全听到了。如此善解人意，关心部下，寥寥数语，让人感动万分，泪水一下涌上眼眶。我不敢睁眼，生怕流出泪水在众目睽睽之下出洋相，

“男儿有泪不轻弹”嘛。我心里说，听了这几句话熬死熬活也心甘。

开会打瞌睡毕竟不是一件光彩事，时常也会受到非议。尽管民警中流传“老杜闭着眼睛听汇报——心里清楚”的歇后语，也无法减轻我内心深处的委屈。看来，睡觉这项基本功，对于我来说是没有完全过关的。

如今，退下来了，有了大把的时间，照理说该把欠下的睡眠补回来了。没有警铃打搅，没有出警叫醒，心安理得睡个舒心觉，睡个囫囵觉。可惜陋习难改，仍旧是晚上睡不着，白天打瞌睡。看来，失掉的补不回来了，那就随遇而安吧。

作于2006年隆冬

红灯高挂

春节过后，回了趟郑州，住的宾馆离管城区的北下街不远。一天午夜过后，我突然心血来潮，约了几位老同志前往北下街派出所看看，了却一桩长久以来想旧地重游的心愿。

北下街派出所是个老先进，二十多年前我曾在那里蹲过点，自以为轻车熟路，却不料到了北下街，半天没找到派出所。北下街位于明清旧城的西北隅，南靠德华街，往西毗邻二七广场，是老城商贸中心的一条重要街道。过去，虽然也繁华热闹，但都是老建筑，街道狭窄，门面破旧。改革开放这些年，北下街旧貌换新颜，新楼林立不说，连街道的走向也改变了。

同来的何涛二十年前当过这里的所长，如今也一脸困惑，不知走向。

我蓦地想起了“红灯高挂”。当年，为了方便群众夜晚找派出所报警求助，管城分局每个派出所大门口都挂起了一个长方形的红色灯箱，老远看去红光闪闪，十分醒目。此举大受表扬，上了公安部的简报，推广到全国，这就是有名的“红灯高挂”。

何涛没看到红灯，但已从楼群中找到了派出所，他指指画画地说：“还是原来和街道办事处合署办公的那座楼，人家盖了新楼，这里全归了派出所。”放眼望去六层楼装修一新，霓虹灯广告爬满楼顶。走近了看，华丽的外衣毕竟没能全部遮掩龙钟的老态，依稀可认出当年的模样。

“你们的红灯高挂呢？”何涛一见面就问。

正张罗接待的阎所长认识何涛，听到问声，忙领我们又回到门口，指着一个灯箱说：“上白下蓝，高二米三，宽七十五厘米，统一制作，与国际接轨。”看看我们疑惑不解的样子，他又解释道：“灯，是不红了，可比原来的样子好看多了，世界警察的颜色都是蓝色的。”

我端详着这做工讲究的灯箱，确实漂亮，而且还写有英文。

只是，我仍想那并不好看的“红灯高挂”。

确实，一切都变得好看起来。院内工字楼已建成口字形，形成了一个天井，正上方硬塑装顶，浑然一体。后建的办证大厅宽敞气派，办公室、接待室、会议室一应俱全。阎所长饶有兴趣地领着我们观看新建的监控室，从这里可以看到整个辖区复杂场所和主要街道的治安情况。二十年前，只有市局才用的设备已经装备到基层派出所了。刚才我们一下车，值班警察已从监控图像中发现了我们。阎所长津津乐道，颇有些得意和自豪。

当我们来到接待室准备落座时，市局刑侦支队政委，当年也当过北下街所所长的吴青山同志，也风风火火地赶来了。

一见面吴青山便大声嚷嚷："老领导多年不见，想不到这时候会来这儿。"

"我只想悄悄回来看看，深更半夜把你们打搅了。"我很抱歉地说。

"你是郑州警察心目中的偶像，请都请不来。"青山夸大其词地笑着说，俨然像这里的主人。他边让烟沏茶边继续介绍情况："变化大了，当年这个所十六个民警，现在三十二人。你看，这些民警最老的就是阎所长，一九八八年的警校生。"

我急切地问："那些老同志呢？"在座的几任所长边想边数，结果是，十六个人全部离开了这个所，其中，四位已经去世。

犹如一阵寒风袭来，我的心战栗了，警察这个行业人均寿命比较短，可没想到一个派出所四分之一的人，五十岁以下就早早离开了人世。

我眯上眼睛，蒙眬中指导员赵选印向我走来，脸色黑青已经有些浮肿，惺忪的双眼布满了红红的血丝，却闪烁着刚毅的目光。他没有言语，快步走向那辆三轮摩托长江 750，又要冒着寒风跑长途。多少次了，同志们阻止他长途奔波，劝他住院治疗，他总是笑着说："我这是老毛病了，一天半天死不了。"这个壮实的山东大汉，这个优秀的转业军人，终于倒在了警察这个岗位上。走的那年，他才四十九岁。

那是谁？一个齐耳短发着装整齐的女民警，一九八三年，那一年她结婚，因"严打"工作需要没有给她假期，但她毫无怨言。结婚的第二天，她又穿上那身洗得发白的警服，来到办公室，在每张桌子上撒了一把糖果，便拿起公文包下管段了。她就是李云香，去世的时候刚满四十七岁。

还有早年入警的张勇建，活到今天也不足五十岁，怎么就英年早逝了呢？

申金祥，一个脾气倔强的老治安警，他没日没夜地泡在治保会，巡逻打更，抓青少年教育，是个对"列管对象"了如指掌的"一口清"。他偏偏不爱"早点名"，一开会就打瞌睡。谁要说他，他就跟谁瞪眼，因此每次评先进都与他无缘。然而，他领导的治保会却是年年先进，是一个全省有名的先进集体，治保主任还参加过全国的表彰会。

想到这里，那个叫"老模范"的治保主任的形象便浮现在眼前，仿佛又看见他一手提着"黑红棒"，另一只手拿起一个用铁皮卷成的土喇叭，在灯光昏暗的夜晚走街串巷地吆喝着："防火防盗煤气关，家家户户保平安！""社会治安、人人有责！"……

"老模范呢？"我睁开眼看看周围问道。年轻人不知所云。吴青山当年整理过“老模范”的先进事迹，他认真地想了想说：“早就没音信了，或许是去世了吧。”

逝者已矣，还问什么呢？这墙壁上挂满奖状、奖旗、奖牌、奖匾，有我们在位那些年代的，也有之前的，更多的是这些年的。哪一项荣誉，都是一个长长的故事，哪一项荣誉，都饱含着同志们的苦和累，甚至泪水和热血。

我站在这诸多荣誉面前，怀念、深思，更多的是欣慰。

当我离开北下街时，再回头观望，只见在一片新楼耸立之中的派出所，依然坚实宏伟，依然灯火通明，景象繁忙。

一片流光溢彩之中，我又想起了红灯高挂。

作于2007年仲春

梁局长的夜餐

一九七七年，管城（那时叫向阳）公安分局集体行动挑灯夜战时，总会有一顿免费的美味佳肴。

这顿夜餐的发起者和组织者是我们尊敬的老局长梁生林。

那时，诸如大清查之类的集体行动，是维护良好的治安秩序、打击和抓捕犯罪分子的常用措施。每次开会动员部署之后，梁局长总要把秘书股股长留下来，然后叫来炊事班于师傅共同商量夜餐的食谱。

有一次严打集体行动，按照市局的统一部署，分局研究了七个昼夜的行动方案。梁局长和于师傅一顿一顿地仔细商量，让秘书股写了个夜餐告示，誊写在一张大红纸上，贴在厨房西墙。红纸黑字十分醒目，引来了大家围观。刑警队的贺广林个头壮嗓门亮，只听他操着普通话念道：“夜餐告示。9 月 24 日，牛舌头烧饼，羊杂汤；9 月 25 日，羊肉水煎包，甜面汤；9 月 26 日，油馍头，胡辣汤；9 月 27 日，肉蒸面，蛋花汤；9 月 28 日，杠子馍，大烩菜；9 月 29 日，千层饼，羊肉烩面；9 月 30 日，肉焖大饼，葱花高汤。”念完告示，广林口水欲滴，冲着大家高喊：“一干一汤顿顿不重样，梁局长的夜餐，真中！”林师傅不服气，拍着肚皮站在院里冲着梁局大声吆喝，下回叫我替你安排，保证郑州名吃 30 天不重样！

林师傅与于师傅同是炊事班的主厨，年龄相当，手艺不相上下，互相不服高低。林师傅的拿手菜是肉焖大饼，皮薄肉多，速度快。于师傅的拿手菜是羊肉水煎包，一炉一锅出得慢。那天，于师傅干到凌晨三时，刚准备下火，曲五三带着几个金水分局的兄弟赶来，于师傅重系围裙，一直干到四点多，累得腰疼腿酸，对着梁局长叫苦说，以后再也不做水煎包了。

向阳分局的夜餐出了名，梁局长十分高兴。梁局长说：“公安民警工资低，夜班也没有加班费，想来向阳吃几个包子喝碗汤，不管是哪个分局的，都欢迎！”

于是乎，梁局长的夜餐成了全市公安系统的一大亮点。市局刘仪局长从理论的高度总结了向阳的经验，指出夜餐也是战斗力，号召全市学习向阳！

那一年，向阳分局因为队伍管理、侦查破案全面优秀，被评为全国先进单位参加了“十七公”，公安部奖励了一辆崭新的北京吉普车。

作于2014年夏

远逝的铃声

——遥忆管城分局的电大班

丁零零……丁零零……

郑州市公安局管城分局踏过历史的尘埃，时时传来的阵阵铃声，向后人传颂着一个平凡的故事。

机关作息上下班，原本是不用铃声召唤的。

铃声源于分局开设了电视大学校外班。一个小小的公安分局，科级单位，竟然办电大，这在当时是一件令人艳羡的风光事，自然该好好地筹备一番。电大电大，大彩电是必不可少的，我们还添置了些新的桌椅板凳，把三楼会议室装扮一新。政治处的华云峰副主任是教师出身，办教育十分在行，他说办学校不能没有铃声，特意买来一个新电铃，装在伙房门口，既方便了伙房于师傅，又方便了政治处。一拉开关铃声丁零，很是令人振奋。

从此，分局添了一个新景致，上班、下班、集合、开会、开饭，便有了一道清脆悦耳的铃声。

开学典礼的那一天，分局小院张灯结彩，十分喜庆。我们请来了区委书记任解放、组织部部长于秀兰等，特别是省电大副校长、名人史发亮的到来，顿使管城分局蓬荜增辉。

典礼仪式由我主持。政委尚恒福向与会的领导、科所长们和 50 多名电大新学员报告了我们办学的一些想法、学习内容和要求。只见他拿着稿子慷慨激昂地读道："粉碎'四人帮'后，管城分局 260 名民警，平均初中文化程度。70%的民警没受过正规的公安法律专业培训，一半民警缺乏独立办案能力，而管城分局每月要处理 200 多起治安案件和 30 多起刑事案件。警力不足而又无法迅速补充，唯一的办法也是最好的办法，就是向素质要警力。同志们，没有文化的军队是愚蠢的军队，而愚蠢的军队是不能战胜敌人的。今天，我们组织大家努力学习，向文化进军，提高我们的办案能力和工作水平，由一个人当一个人用，变成一个人当两个人用。把我们管城的队伍素质提高到一个新水平！"政委念到这里，我忍不住带头鼓起掌来，岂料，政委也跟着激动了起来，大咧着嘴笑着鼓着掌，从讲台上走了下来。

这边，却急坏了副局长张虎林。因为这个讲话稿是他组织写的，他知道后边还有一大段没念呢！那一段讲的是课程安排和授课方法，我只好安排华云峰讲了，其实他兼着班主任，由他讲也正合适。华云峰向电大班的创建者曹建华和张虎林谦让了一番，走上台去出色地完成了任务。

最后，史发亮即席作了一个生动诙谐、妙语连珠的讲话。记忆中有这么几句话尤为精彩。他说："有两句古话我背给大家听，一句是'朝为田舍郎，暮登天子堂'。还一句是'书中自有黄金屋，书中自有颜如玉。'什么意思？读书好啊！读书一步登天能当官，读书有黄金能发财，读书还有美女相伴。同志们，同学们，古人说得对，如今，做生意挣大钱没文化不行，提拔进步没文凭也不中。有我这个电大大专文凭，当个所长科长甚至局长干干都没问题。告诉你们，组织部说我没文凭，我就读电大，读不到两年当上了副校长，现在我是学生兼校长，副厅级干部，咋样？读电大好吧！"一席话把大家的情绪调动了起来，虽然有点急功近利，甚至听着刺耳，但的确是实在话。

几年后，这个班的学生竟然真的有一半以上当了科所长以上的领导干部。涌现出吴青山、许抗美、郭国军、徐平、徐长发等一批优秀学员，他们后来担任了县处级领导职务，果真应了发亮的一席吉言。

市委副书记刘仪在大会上讲："向素质要警力，管城提前了两年。"

如今，那清脆悦耳的铃声早已淹没在城市的喧嚣中，然而，壮士暮年还是会有人记起。那种急促的召唤，那种清亮鲜明的节奏，那种牵动人们心跳的节拍，还有伴着铃声而去的辛勤与欢乐，伴着铃声而来的沧桑与感慨……

作于2014年5月

隐干郭瑞

隐干，也叫卧底，不同的是，卧底是侦查手段，而隐干是职业警种。

至今，仍令百姓交口传颂、盛赞不衰的侦查英雄，像《智取威虎山》中的杨子荣，《英雄虎胆》中的曾泰，《羊城暗哨》中的王练，为了战胜敌人，隐名埋姓，乔装打扮，深入虎穴，历经千难万险，最后大功告成。他们那些惊险曲折、扣人心弦的侦查故事，令人荡气回肠，终生难忘。他们作为侦查英雄，功勋卓著，光彩照人。

隐干则不然，虽然，他们的经历也不乏艰险和英勇，他们所取得的业绩也是那样令人崇敬，但只要他的身份没有暴露，蹲班房也好，劳教、劳改也好，就必须默默无闻地去受苦、受罪、受委屈，直到召回机关。有的甚至终身在另一种职业中生活，无法享受到自己应该得到的荣誉。

我们的郭瑞同志就是这样一个默默奉献的老隐干。

二十世纪五十年代初期，郭瑞从部队转业到郑州市公安局，领导看他瘦小机灵，吃苦耐劳，分配他当了隐干。他二话没说，脱掉军装，拿起要饭棍当上了叫花子，整日蓬头垢面流浪街头，干过“社控”，搞过“专案”、“狱侦”，参加过“丐帮”、“会道门”、“流氓团伙”、“反革命集团”，戴过手铐，蹲过大牢。案件破了，不能暴露身份，连罪犯带他一起押进了看守所。狱所里吃不好，经营特情的专职领导半夜把他提出去，烧饼加牛肉，半瓶烧酒，胡吃海喝一顿，再把他送回监狱，算是补偿。

有一次，专职领导把他提到预审室吃喝，中途出去了一趟。恰在这个空当里，来了一个新民警，一看此情，雷霆大怒，不由分说，摔碟子打碗，上来抽了他两巴掌，打得老郭龇牙咧嘴、眼冒金星，幸亏领导赶回来制止，事情才没有闹大。老郭摸着痛得发热的脸颊说：“这小子出手不轻啊！”颇有度量地一笑了之。忍受常人难以忍受的嘲笑、侮辱甚至谩骂、殴打，成了隐干这种职业的必修课。

还有一次，专职领导忙得晕头转向，忘了他这个茬，害的老郭在号里蹲了一个星期没人理他。这一次，他却没有一笑了之。从号里出来后，他拍桌子瞪眼，不依不饶大闹市局，逼着领导专门在嵩山饭店为他设宴赔礼道歉。吃饱喝足，享受了一桌子的好听话，这才悻悻地跑到火车站乞丐中找他的“哥儿们”推“牌九”去了。

卤水点豆腐，一物降一物，老郭不怕领导怕老婆。有一次，他正在德华街“接头”，刚好被老婆碰见。老婆上前来给他打招呼，他假装不认识，拉起接头“对象”扭头不搭理，惹得那人满脸狐疑：“她是谁？”老郭灵机一动，没好气地回答：“野妓，来讨夜钱的。”如此辱骂自己的妻子，尽管是为了掩护身份，还是引起了一场轩然大波，无论郭瑞如何解释，甚至跪地发誓，老婆硬是不放软话。最后，还是领导亲自出面，这场家庭大战方才平息。

这无法解释的误解，更多的是来自亲人、朋友和战友。从老家来的亲戚看到他这副模样，无不扼腕叹息。不知内情的朋友同他割席断交。老战友怎么也想不通，一个优秀的军人，一转业怎么变成流氓了？每当他满肚子委屈而又无法诉说的时候，他真想打个报告，回到刑警队，穿上警服，在大街上光明正大地走一趟，高声喊一声：“我不是流氓，我是个警察！”

没等他打报告，他的隐干身份提前结束了。不过，那不是组织上的决定，而是源于“文革”中一张“砸烂黑公安”的大字报。一夜之间，郭瑞成了旧公安的“黑干将”、“黑爪牙”、“黑特务”，无恶不作的“流氓头子”、“漏网的罪犯”。

“黑小（老郭脸黑人称黑小），原来是条子，这下，听说进了学习班，栽了!”那些因他提供线索、证据而被判的、劳教的、关过的、管过的，形形色色的流氓无赖、歹徒盗贼，满怀复仇的兴奋奔走相告，欣喜若狂。

“老子脸黑，心不黑!”老郭对天喊冤。

这一次，没有人听他诉说衷肠了。他的那些打过仗、受过伤、有着许多光荣经历和战功的上级领导，也莫名其妙地成了“黑帮”、“走资派”，自顾不暇，纷纷“落马”。直到，粉碎“四人帮”，拨乱反正，他的冤情才最终彻底昭雪。

一九七七年，抗日战争中参加革命的老干部梁生林复出，当了管城分局的局长，点将郭瑞出任刑侦队队长，这位已经年近半百的老公安，总算有了一个光明正大的名分。像当年参加解放军那样，他警装整齐，步伐矫健。上班的第一天，老郭瑞驾驶长江七五〇三轮摩托，趾高气扬、扬眉吐气地在老城区转了三圈。梁局长笑着骂他“耍二球”，他脸一黑眼一瞪，叫道：“我就是让王八蛋们看看，老警察又回来了!”

老郭一工作，就“忘乎所以”。人们说他是“三没”队长，一是没日没夜，经常加班加点；二是“没深没浅”，敢作敢为，率先把“文革”砸烂的公安业务基础，特别是“特情耳目”、“社会控制”那一套，坚定不移地恢复实施；三是“没大没小”，在他眼里，官没大小，人无大小（老少），一律兄弟。他所领导的刑侦队，红红火火、热气腾腾。队员个个虎气生生，能征善战。当年，管城分局刑侦队在全市破案排第一，成为省厅树起的一面旗帜。第二年，管城分局被评为全国先进，刑侦队立下了汗马功劳。

梁局长坐在公安部奖励的北京吉普上，对我说："黑小，是个干家，隐干当得好，队长干得也不赖。你要去总结总结，写写他。"

那时，我是分局的秘书股股长，写总结、写简报是分内的事。可惜，对郭瑞那一段隐干故事，却无暇整理。直到二十五年后的七月，管城分局老同志聚会，开怀畅饮之余才又旧话重提，说起那一段趣闻。

老郭七十多岁了，除了头发白了些，依然身板结实硬朗，黑黑的脸庞和当年一样神采奕奕。只见他眨巴眨巴眼，头一摆："不说了，多少年的陈谷子烂芝麻了，说它啥用？来，还不如咱老哥俩喝盅酒。"边说边把手伸向酒杯。

"喂，不、不、不准喝！"后来当过政委的尚恒富伸手捂住酒杯，说话本来就慢，两杯酒一喝竟然结巴了："不说，不准喝，听说你把嫂子，当，当成鸡，说出来让斌国给你编成书。不信？他真的要写咱们警察自己的事，好、好、好玩呢！"说完，指着我面带羞色，不好意思地笑了。仿佛我那书中一定也会有他本人的英雄事迹。我的这位政委为了立功奋斗了一辈子，一辈子也没有记过功，却不失为一个好政委。

“好玩个屁!”听老郭这话好像真的不再话说当年了。其实不然，一杯酒下去，“那年啊……”便说开了去。

老郭瑞口若悬河、慷慨激昂。一会儿咬牙切齿、怒火中烧；一会儿扬扬得意、开怀大笑；一会儿痛心疾首、涕泗滂沱；边说边喝，边喝边说，嬉笑怒骂，信马由缰，引得一屋人热血沸腾。当年的老友同僚，有的插科打诨，有的劝酒碰杯，有的低头沉思，随着郭瑞走进了那沉甸甸的过去……

于是，我的拙笔之下有了这篇短文。

我想，这，不是因为“好玩”。有什么用呢？我也说不清。权且是为了我的恩师、老局长梁生林的生前嘱托吧。

也算是为了那一段忘不掉的往事。

作于 2007 年 7 月

全国知名的邵玉华

“十八公”上有一位特邀代表，她的名字叫邵玉华，是向阳回族区二里岗办事处干部，她的突出事迹是教育感化挽救失足青少年。

从北京回来的邵玉华名声大振，报上有名，电台有声，到处宣讲，到处报告。她那对待违法犯罪青少年像父母对待孩子一样，像老师对待学生一样，像医生对待病人一样的转化经验，传遍了全市、全省，乃至全国的公安政法战线。邵玉华由此成了名人，成了一道亮丽的社会风景。

她的人生轨迹由此发生转折，从一个没有警察资历的街道干部直接当上了二里岗派出所副所长，而后不久又当上分局副局长，紧接着被提拔到全市劳教所当所长，专司违法犯罪青少年转化教育，走到了人生舞台的巅峰。

无论是身居高位的领导，还是荒野闹市的普通群众，他们欣赏和关心的只是前台演出的热闹，很少有人问津热闹幕后的原委。事实上，邵玉华这颗明星的升空闪亮，始于我们分局秘书股的一期简报。当时，我是写材料的股长，虎林是我的助手。我了解到：二里岗办事处驻街干部邵玉华组建了一个建筑队，专门安置教育无业可就的劳改释放、解除劳教人员和其他失足青少年，觉得于社会稳定和谐很有意义，便和虎林一起深入居民家庭，倾听百姓街谈巷议，广纳各界对此事的评价，还和青少年就此促膝谈心，同家长共议其中利弊短长，最后整理成了一份简报。

这份简报送到时任市局局长李广径（山东籍南下干部，后任公安厅厅长）的案头上，李局长如获至宝，十分重视，批示有关部门全面整理总结推广邵玉华的成功经验和先进事迹。于是，有关邵玉华的新闻报道、各种文章纷至沓来，使得邵玉华的经验越来越成功、事迹越发先进起来。直到当时的省厅办公室主任刘式蒲（后任公安部办公厅主任、消防局局长、少将），做了归纳、提炼，妙笔敲定，六字方针（教育、感化、挽救），三个一样（像老师对待学生一样、像医生对待病人一样、像父母对待孩子一样），有了这些行文灵魂与骨架，也就有了一篇洋洋洒洒的万言文章。竟然在人民大会堂的会议桌上闪耀了一番光芒。

最近，我回郑州路过二里岗，走到“瓜旦饭庄”的遗址前，沉思良久。这个“瓜旦饭庄”的主人胡胜利诨名瓜旦，是个因流氓盗窃三进宫（指多次被拘留或被劳教）的人物。学校把他开除，家长把他打出家门，天不留地不留，邵玉华的建筑队收留了他。浪子回头金不换，瓜旦痛改前非，表现突出，成为邵玉华教育转化的一个好典型。而后，瓜旦顺风而上，在街道办事处的帮助下，开办了一个小饭店，取名“胜利饭店”，主营羊肉烩面加豫菜小炒。

开业的那天，我跟虎林前去祝贺，乘着几分酒兴，指手画脚地要他把饭店的名字改成“瓜旦饭庄”。虎林醉眼惺忪地指着刚挂上的招牌说：“这几个字有点俗了，瓜旦多响啊！叫斌国写成毛笔字挂上，‘瓜旦饭庄’就名扬四海啦!”

依我的水平也能写匾？真让我汗颜。推辞是推辞了，但我答应等我的字练好了再补今日之憾。开业三天，“胜利饭店”改成了“瓜旦饭庄”，只是我的字成了空谈。后来，我辗转去了海南，听说瓜旦表现稳定，始终没有出现反复，“瓜旦饭庄”的生意也很红火。如今，一眨眼二十多年过去了，瓜旦不幸患病早逝，“瓜旦饭庄”已淹没在历史的尘埃中。唉，即便是我的毛笔字超过了书协主席张海，对于瓜旦也没有什么用场了。

后来，我多次想起供职郑州警界时的往事，不由得想起瓜旦们。瓜旦和他的同伙是幸运的，幸运的是遇到了一个热心肠的邵玉华。又遇到了几个善于思考和研究社会问题、踏踏实实、认认真真、默默奉献的“警察秀才”们。

当年，邵玉华因为解决违法青少年的问题而享誉全国，是社会的需要，历史的必然。现在，邵玉华和那批警察大多退休了，而新的“瓜旦”们依然在不断生成，青少年犯罪仍旧是一个十分突出的社会问题。我们呼唤新时期的邵玉华！

作于2014年9月

德化街惨案

郑州市德化街，店铺林立，车水马龙，商贾云集，是一条与北京的王府井、上海的南京路齐名，享誉全国的商埠名街。从清末民初铁路修通之日起，德化街的商业便日渐发展，多历年所，名声大噪。新中国成立后更是日新月异，繁荣昌盛，成为统领中原的商品集散地。

一九八六年七月二十五日夜，德化街发生了一起惊天动地的入室杀人抢劫案，三个罪犯杀害了工艺草制品批零商店两名守夜值班的女营业员，抢劫现金一千七百多元，还有戒指、眼镜、录音带、录音机、自行车等物。

门市部主任沙新胜到达现场时，已经将近八点了。先是叫门不开，打开门一看，室内景象惨不忍睹，不禁使他大惊失色。大喊大叫，引来周邻四舍蜂拥而至。直到街道走过来一位戴袖箍的治安员大叫一声："还不报案!"这位主任才慌慌张张地找到电话，拨通了匪警专号，向公安局报了案。

市局九处副处长杨立宏带领刑科所技术人员赶到现场时，已是九点了。那一年是我当市局副局长主管刑侦的第一年，也是到任以后遇到的第一起特大案件。此案发生在繁华闹市，影响恶劣，事关重大。接到报告，我便心急火燎地赶了过去。

◇◇ 一

刑事案件侦查的第一要事是现场勘查。

郑州市公安局的现场勘查队伍，包括痕迹照相和法医检验等主要技术力量和设备都集中在市局的九处刑科所。有林锡候、王世炎这些新中国成立初期上海法医专科学校培养的第一批业务骨干，还有赵成华、王自强这样医学院毕业的一批大学生，他们为郑州市局带出了一支训练有素的技术队伍，为公安工作的全面发展，打下了一个良好基础。他们一到现场便迅速按照各自的专业分工开始工作：照相，发现和提取痕迹（包括脚印和指纹），法医检验，清查和核对物品等。至于现场访问，与有关人员的谈话，主要是二七分局张金柱副局长和分局刑侦大队、派出所骨干担当的任务。

现场勘查进行到下午二时，同志们仍旧没有结束的意思，张金柱见状，给大家安排了盒饭。我是个老技术出身，特别注意到两个搞尸检的法医，用酒精洗了手，转过身来接过盒饭三下五除二吃了个精光，又接着干下去。这种不怕脏不怕累的精神实在感人，我问赵成华处长他俩的情况，成华笑着回答："医学院毕业的大学生，林法医的徒弟。"我顺便接话道："都是你的师兄师弟啊!"

事后，我向成华讲了一个青海省海西蒙古族藏族自治州公安处冯法医的故事。冯法医毕业于华东警校，正经的科班出身，上海人，一九七一年我在都兰县公安局当技术员的时候，冯法医已经工作了十来年，成为统领全州的技术权威。那一年，我们都兰县的夏日哈公社有一起疑难案件需要开棺验尸，冯法医亲自到场操刀。高原缺水，无法洗手，赶到中午吃饭的时候，冯法医也是取出酒精洗了手。一边是腐烂发臭的尸体，一边是刚刚出锅的新鲜羊肉，冯法医毫不犹豫地拿起藏刀吃起了手抓，那动作和解剖尸体差不多，而我这个助手愣是恶心得无法举刀下咽。

末了，我无限感慨地说："看来，法医这八块钱补助（月补助）不是好拿的。"

成华只是淡淡地说了句："天长日久，习惯了，就好了。"

◇◇ 二

晚上八点钟，在现场的楼阁上碰头。

会议要求大家全面分析现场情况，深入研究案件细节，从而，划出侦查范围，明确侦查方向，作出一个可行的侦查方案。

法医提供了如下分析：

1. 两具女性尸体致命创伤均在颈部，刀口切割面整齐，两刀毙命，部位准确。手法近似，特征雷同，两人很可能为一种锋利凶器所杀。凶手有可能具有一定专业技能，譬如职业屠夫，受过擒拿格斗的专业培训等。

2. 尸体双手被绑，全身其他部位完整，没有损伤痕迹，无反抗搏斗迹象。阴道部位无异常。可以判断，凶杀与奸情无关。

3. 从胃内容和尸斑色着情况分析，死亡时间距最后一餐四个小时以上。

4. 死者身上的钱包被洗劫一空之后扔在现场。

痕迹技术方面提出的意见是：

1. 门窗完好没有撬压痕迹，罪犯是从正常通道敲门进入室内的，而深更半夜敲门入室更有可能是熟人作案。

2. 地面足迹杂乱，初步提取两种可疑足迹，一种是解放鞋足迹长二十三厘米，后脚跟地面压力左重右轻，走路有些跛。依照常规系数计算，该人身高不超过一百六十厘米，个头不高，却满屋跑，十分活跃。另一种是塑料平底鞋足迹长二十六厘米，乘以常规系数，应该是个大高个。从我们提取的可疑足迹看，罪犯至少是高矮两人，有可能是三人。因此，排查时要注意把两到三人结伙作案列入重点。

3. 保险柜外表完整无损，案发头天下午五点，门市部向银行缴纳了当天的营业现金。保险柜剩余的一千五百元的现金，营业柜台抽屉内二百多元的零散现金，均被罪犯打开锁门洗劫一空。

现场访问小组汇报，门市部领导和职工的谈话情况，白天营业员接触顾客的情况，周围商店和单位的情况。其中，反映受害的女孩中有一个正在谈恋爱，交往人多，接触人杂。不三不四，奇装异服的男孩子经常来门市找她。

刑警都是夜猫子，深夜一点多了他们毫无倦意。

最后，我根据大家的汇报归纳了几条意见。一是明确了案件性质是以图财为目的的重大入室杀人抢劫案。二是要求九处根据讨论意见进一步划定侦查范围，对犯罪分子的年龄、穿鞋种类牌号、足迹所反映的体貌特征，以及结伙作案、身藏刀具等特征作出刻画。三是立即采取措施，召集县区主管局长会议，全市动员摸排嫌疑对象。社会控制处迅速投入行动，特情耳目及所有社会控制力量全部进入工作状态，按照分工采取明暗结合，红灰结合，迅速把“两劳释放人员”，大法不犯、小法屡犯、“三进宫”“四进宫”的违法青少年以及有劣迹游手好闲的无业游民在二十五日晚上的活动情况查清楚，从中寻找侦查线索。

当我准备宣布散会的时候，门市部沙主任匆匆地走到我身旁，声音不大的说：“有一个情况，前天刚发的凤凰牌自行车票放在我的办公桌抽屉里不见了。”他看大家不太在意，接着又说：“那票可不好弄到，肯定是罪犯拿了。这张凤凰车票到月底五天就作废，罪犯会不会拿去买车？”

大家明白了，立宏走过来建议：“把这个线索交给四处监控吧！”我答应道：“好的，由你负责通知四处的谢红星处长，组织人到百货大楼，把这张票号看准了！”

三

没破的案件一样难，破了的案件却是变幻莫测，各有千秋。

几天来，我们是大会作布置，小会听汇报，派出所抓落实。连明彻夜，加班加点。线索不少，按照不同情况实行分工负责制，层层落实，责任到人，决不放过一个可疑情况。

正当我们有组织大面积地排查，向线索突出的大同路、布厂街、菜市街区域重点推进时，百货大楼监控点传来了振奋人心的好消息。三十日下午五点半，一个六十岁上下工人模样的老头，手持锁定号码的凤凰牌自行车票到百货大楼买车，被埋伏在那里的四处便衣逮个正着。二七分局张金柱闻讯赶来，迅速组织警察顺藤摸瓜，抓到了首犯王玉春，这小子财迷心窍，传讯他时，被害女孩身上的项链、金戒指竟然戴在身上。他把现场抢劫的自行车票交给他父亲去买，这一下人赃俱获，案情大白。张金柱电话上向我报告的时候，高兴得大喊大叫。等我和九处处长赵成华、副处长杨立宏赶到时，他们已经把另外两名同案犯抓获了。

三名罪犯果然其中两个人一高一矮，矮个儿的一条腿跛。王玉春，一九六二年生，年龄大，个头矮，走路跛腿。邻居家是个宰羊个体户，王犯早早辍学在家，经常帮助邻居操刀剁肉。该犯心狠手辣，是德化街惨案的主谋和凶手。白国建，一九六九年生，是个大高个，手持一把螺丝刀，现场留下的撬压痕迹均为白犯所为。张保国，一九六九年生，是主犯王玉春的表弟，喜欢穿奇装异服，曾多次到门市部与受害人接触，踩点。该犯喊门入室，佯装亲热，哄骗诱惑被害女子交出了保险柜密码。这三个人全部住在布厂街，菜市街辖区。

我们的侦查范围，侦查方向，所采取的几项措施是正确的。

◇◇ 四

四天抓人，五天破案，公安局神了！

德化街入室杀人抢劫案的胜利侦破，非同凡响，影响巨大，市井百姓，街谈巷议，交口称赞。在老百姓的嘴里，演绎了许多故事，似乎我们这一班人真的有超乎寻常的能力。如今，我把侦查过程大白天下，人们一定感到平淡无奇，甚至于觉得有点失望。其实，真实情况往往如此，我们向河中撒开了一张大网，而利令智昏的罪犯在河边上被网个正着。

有一个故事是真的。

根据罪犯的交代，我们迅速起获了凶器，收缴了现场被抢的现金及物品。三个罪犯基本证据锁定之后，立即办了刑拘手续，当夜押进了看守所。

刑侦队员们日夜兼程，拼命工作，累得筋疲力尽。现在，如释重负，长长地出了一口气。不知谁大声地喊道，今天夜餐张局长请大家喝酒！于是，骑车的骑车，开摩托的开摩托，坐吉普的坐吉普，一队人马兴高采烈地奔向铁路地道西口一家大排档。所谓路边大排档也就是路边大众食堂，条件虽然简陋，但是品种繁多，价格便宜，口味也不错，很受大众欢迎。这里主营羊肉烩面，兼营小炒，各种卤菜羊蹄、羊肚、羊杂碎、五香豆腐、羊头肉、花生仁、拍黄瓜等应有尽有。入夜后，人来人往，熙熙攘攘，十分热闹。大厅桌子不够用，索性在马路边支起了一片桌面，更显出一道独特的风景。不过，分局是常客，老板是熟人，不会让民警坐马路，里屋大厅提前做了安排，一排溜摆了四张桌子。市局、分局、派出所参战人员基本上都来了。

张金柱搬来三件新装白酒“杜康”，边上酒边喊，今天高兴，酒肉管个够！

如此“奢侈”地吃喝，对于我们这些穷民警确实是一个难得的奖赏。四盘凉拌上全，我首先举起杯来敬了大家三满杯酒。三杯过后大家推杯换盏，觥筹交错很快热闹起来，不一会儿耳热酒酣，热菜还没有上两道，酒已进入了高潮。

二七分局刑侦大队一中队长郑建超晃晃悠悠地走到我跟前，举起酒杯，口齿不清地说："敬，敬你，杜局长，福将！罪犯听听你的大名，就得投降！跟着你，顺！我敬六杯！"成华拦住了他："一杯吧！"他执拗地举着杯："不行，就得六杯，六六顺嘛！"说话杯起，一杯一杯尽管自喝，并不攀我。

我赶紧举杯跟上，一杯一杯，一杯不少地喝了六杯。郑队长冲我举起大拇指高兴地笑着，晃晃悠悠地去了。

我真担心他喝多了，张局长却说："没事，熟醉，早呢！"

时钟已接近凌晨一点，上午我还有个会，便提前离席，走前又嘱咐弟兄们别喝多了。

怕啥就有啥。第二天一上班，传来的第一个信息就是，二七分局刑警大队中队长郑建超，昨夜酒后开枪误伤民妇。本来破了个大案，今天上午局长办公会上该风光风光，不想这帮弟兄烧香放屁，坏了大家的好心情。经了解，原来是郑建超酒后骑自行车回家的路上，遇见一个年轻人骑着摩托从他身边飙过，他猛地一愣，似曾相识，这不是惯偷贺老七吗？深更半夜干什么，随即拔枪大喊一声，站住！看看不停，朝地上打了一枪。谁知这一枪没有逮着贺老七，飞起的跳弹却误伤了路边的无辜妇女，所幸是表皮伤。

过了不久，市局党组会讨论有关侦破德化街案件的表彰报告，决定表彰一批有功民警。其中，郑建超记了个三等功，同时，因为酒后开枪，误伤行人，又给了一个行政记过处分。功是功，过是过，功过分明。这一决定改变了功过不清的管理状况，对调动民警的积极性起了一个重要作用。

载于2014年10月14日《法制时报》

国案“6·11”

一九八六年六月十一日下午二时三十分，四名持枪歹徒光天化日之下闯入郑州市密县七里岗农业银行储蓄所打伤绑架营业员，公然抢劫银行。信息迅速传报，各级领导震惊。公安部副部长俞雷口谕河南省厅、郑州市局：“罪犯气焰如此嚣张，务必集中优势警力，尽快破案，坚决将罪犯气焰打下去!”

此案纳入公安部五局列管案件，俗称国案“6·11”。

那一年，我任郑州市局副局长主抓刑事侦查。指挥中心呼叫“邙山5号”的时候，我正坐车去办公室的路上，拿起车载台发话器听完报告，当即让司机吴汉泽掉转方向，拉响警笛直奔密县，同时通知启动“一号防暴预案”。通知刑侦处迅速奔赴现场，防暴、治安等警种迅速到达指定岗位。同时向“邙山1号”王济晟局长报告，王局长同意我的部署方案，迅即向省厅李广经厅长作了报告，“6·11”案件纳入了全省范围的工作重点。

◇◇ 一

四十五分钟到达现场，我和我的警友们在坑洼不平的石子路上创造了一个神奇。

派出所所长侯金山带领五名民警三分钟到达现场，密县公安局李文敬、张麦堆、杨玉章带领二十八名民警十二分钟进入现场。

我们在现场储蓄所门口碰头，简明扼要地听取了先行到达同志的汇报，迅即兵分三路开展工作。一路由刑侦处处长赵承华带领，负责现场勘查，取证，现场访问。迅速固定四名罪犯的体貌特征，衣着打扮，足迹状态。二路由刑侦处副处长杨立弘带领，根据现场提供的罪犯逃跑方向，顺线追击。三路由防暴队张吉川带队，参战武警、交警积极配合，施行周边交通管制，设卡监控，对可疑车辆行人进行盘查。同时，刑侦处基地电台与通信处共同组建了现场指挥台，最大限度地发挥了现有装备的能量。最后，我特意交代文敬局长即刻向县委主要领导报告，建议召开全县重点乡镇的紧急电话会议，通报案情，加强领导。特别要突出做到两点：一是组织党团员民兵骨干积极分子参加围捕；二是动员群众，人自为战，户自为战，村自为战，守好门户防止歹徒伤害群众。

“邙山1号”通过电台群呼肯定了我们的应急措施，并且向前线民警给予了充分的表扬和鼓励。现在回忆起来，济晟那亲切富有感染力的声音，仿佛又回到了耳边。

◇◇ 二

傍晚五时许，在甘寨的公路上，派出所王所长带领一名警察、三名矿区保卫干部，与四名歹徒相遇，双方拔枪对射，歹徒夺路向岭上逃窜。

几分钟的枪战，使得同志们信心倍增，战斗的热情猛然高涨起来！

总指挥李广经厅长对着电台送话器大喊：“好！罪犯露头了是件大好事。说明前线指挥第一时间判断正确，措施得当，四名罪犯全都被围在圈内，已经是瓮中之鳖了。我们要加大警力，层层围堵，决不允许罪犯逃脱！”

到了现场总指挥张惠初、王济晟那里，提出了天黑前结束战斗的具体目标，下达了四条命令：

第一，除去武警一、三支队到达现场的警力外，总队再增派二百名警察，市内每个分县局抽调二十名警察，配合原有警力，以最新发现罪犯踪迹的湖地村为中心，向外五公里为半径，形成第一道包围圈。铜墙铁壁，铁壁合围。

第二，周边市县凡与密县接壤交通便捷者，如新郑、许昌、登封、洛阳、巩县等，一律组织民警上路上线，巡逻查验，组建第二道包围圈。

第三，县委迅速召开紧急会议，传达省委书记杨析综的指示，利用广播站有线网各种形式，召集不同类型会议，及时向群众通报案情，罪犯的相貌特征。真正做到广为宣传家喻户晓，党团骨干积极参加，人民群众密切配合。在方圆几十里的包围圈内，群众一旦发现情况，就会敲锣鸣号，陷罪犯于人民战争的汪洋大海之中。超化、苟堂、大隗、平陌四个乡镇组织了一千四百名骨干民兵，与六百多名公安民警，武警官兵点线配合，真正起到了铁壁合围的作用，最后一名罪犯就是在围困五十六个小时后，又饿又困又累，昏头昏脑地撞上了村民巡逻队，锣声一响束手就擒。这是后话了。

第四，命令我带领一支以刑侦防暴为主体的精锐部队，在包围圈内跟踪追击。拿惠初副厅长的话说，三道防线，严密把守，罪犯已是瓮中之鳖了。斌国这支队伍就是去捉鳖的“尖刀连”。

这一道道像铜墙铁壁一样的包围圈，这千军万马齐上阵，男女老少齐动员的壮阔场景，正如杨析综书记表彰的那样：“真正体现了共产党领导下人民战争的无穷威力。”

◇◇ 三

“尖刀连”的主要任务，义不容辞地落在九处这些侦查尖兵身上。当然，我毫无贬低那些训练有素百发百中、擒拿格斗样样精通的防暴警察，只是客观地叙述刑事侦查在打击持枪抢劫此类恶性案件中的作用。

下午，他们一到现场便投入紧张地勘查工作，为证实犯罪取得了确凿证据。通过现场访问，迅速向指挥部提供了罪犯的人数、体貌特征，以及携带武器的基本情况。同时，根据群众提供的方向，领导带队穷追不舍，为大部队的包剿合围赢得了时间。

从现场出发紧跟罪犯劫持机动三轮逃跑的路线，到下午五时甘寨枪战，九处的弟兄分别在承华处长，立弘、春林副处长的带领下，兵分三路穷追不舍。直至下午七时，四名罪犯在湖地村小卖部出现后，侦查员遍访周边几个村的群众，再也没有发现踪迹。步法追踪专家、副处长马春林走上前对我说：“看来，需要出动‘老外’了。”

“老外”，是指从德国进口的警犬，嗅觉极为灵敏，辨识追踪本领高强，曾获中南比赛第一。狗司令小李取出嗅源，向“老外”下达指令，一队人紧随其后，手里端着武器，在黄昏的灰暗中，紧张地呈扇形向前搜索。

湖地一带，沟壑丘陵，纵横交错，地形十分复杂。狗司令带领我们，时而爬高越岭，时而穿林走滩。紧张地走了一阵，来到一条两米多宽的小河边，“老外”到此显得惶惑不安，沿着河边走来走去地徘徊，在狗司令的严厉指令下，“老外”才冲过河对岸，却又踟蹰不前。天黑透了，不巧又下起了蒙蒙细雨，雨不大湿透衣裳事小，却眼睁睁看着冲没了嗅味和足迹追踪的条件。

看来，天黑前已经无法结束战斗了，几十号人马在湿冷和饥饿中聚集在荒野的小河旁，把焦灼的目光集中在我们几个身上。我简单地与处长们议了一下，迅即向指挥部报告了我们的处置意见，五分钟后指挥部下达命令：一是“邙山5号”带领的队伍变徒步跟踪为机动车穿梭搜索，二是加强外围三道防线力量，机动车在村庄之间的防线上巡逻，保证间隔不超过十五分钟，三是搞好后勤保障，特别是部队。

其实，落实起来最困难的倒不是部队，大部队问题倒好解决，只要市里一组织，很快一车车的面包、馒头、香肠、煮鸡蛋就送到了。我们这股小部队倒成了大问题，我们左等右等不见送吃的，村支书看在眼里，从小卖部扛来点心、饼干发给大家，将就垫补着，直到晚上十点多，九处的教导员谢劳力方才带着烧饼、牛肉风尘仆仆地赶来，一边忙不迭地道歉，一边狠狠地骂指挥部，说那帮秃孙把我们忘了。其实，没人去同他计较，也没心情去追究送饭人的责任，人们心急火燎地关注的是四名持枪罪犯的逃向，担心那些罪犯会在夜雨朦胧中闯入百姓家伤害无辜，或者逃出包围圈。大家把吃的手中一拿，各处、室、队就按照部署，马不停蹄地又投入搜索，穿梭在山岭雨夜之中。如果此时在空中鸟瞰方圆五公里的中心现场，就会发现无数的灯光在夜海中游弋，像道道流星，像七彩烟火，交相辉映，宛如一幅美丽的图画。道道封锁线上，传来战士们之间的口令声，昭示着美丽图画背后的一场激烈的围剿战斗即将发生。

三千多名公安武警和民兵群众，彻夜未眠地奔波在细雨中迎来了黎明。

这一天是一九八六年六月十二日。整整一天，一会儿下雨一会儿晴。对讲机里传来了阵阵的报告，一会儿报告发现一座废弃煤窑，让人紧张兴奋；一会儿报告搜索无果，让人心里又是一阵纠结。终于，中午时分在甘寨南湾子河边发现可疑足迹，经过反复鉴定，又请省厅专家王乃斌处长带人会诊，一致认为可辨特征与中心现场采证吻合。虽然雨水又一次阻断了追踪，但这次足迹的发现，让我们进一步坚定了信念：罪犯仍在我们包围圈内。

四

这一天，我们组织了两次大清查。翻了三十多条深沟，搜查了一百多个旧窑洞。几千人鞍马劳顿，吃饭休息成了一个严重的问题。

下午五时现场指挥部碰头会上，有的领导提出，我们不能高射炮打蚊子，劳民伤财。建议留下精锐小部队，大队人马天黑前撤退。我一听就着急了，忙站起来向大家陈述不能取消包围圈的理由。惠初厅长问：“你敢肯定犯罪分子没有跳出包围圈吗?”我诚恳地做了肯定的答复，并且报告了技术人员和专家对湾子河边足迹的鉴定意见。惠初厅长听完我的报告，果断决定，部队延期到明晚八时，现在的三道防线一兵一卒不能撤。所有参战单位要精诚团结，竭尽全力，尽快擒获罪犯。

真得感谢提此建议的同志，给我们侦查人员增加了紧迫感。“邙山1号”济晟局长通过电台直播，对同志们进行了一次动员；武警总队王林功参谋长召集紧急会议，对参战的官兵也进行了动员。如此一来，大家索性来了一个大张旗鼓地敲山震虎，逼蛇出洞。三千多名武装力量，又一次漫山遍野地毯式搜查。上万名群众走出家门积极配合。县广播站开通全县乡村喇叭，通报四名罪犯的体貌特征。一遍遍地发动政治攻势。奉劝罪犯投案自首，动员群众发现情况及时报告，提高警惕看好门户。

四名歹徒在湖地枪战之后顺河而上逃窜，此时他们已经两天饭菜未进了。白天，他们趴在湾子河树林的窑洞里一动也不敢动，当我们的足迹专家在湾子河边勘验比对的时候，他们蛰伏的窑洞离我们不到八百米。一个叫常园的罪犯听到狗叫、汽车声，吓破了胆，尿了裤子。晚上，一点半，这伙歹徒终于忍受不住饥饿和雨淋，冒险向村头摸去。也是那个尿了裤子的家伙，慌不择路撞上了巡逻的警察，引来了一阵子弹打穿了他的右腿，成为了我们的第一个俘虏。

跟在后边的三个歹徒见势不妙，抱头鼠窜，作鸟兽散。有一个叫靳福生的家伙钻进了桥下涵洞，被我们放水灌、烟火熏，折腾了三个小时，终于举起双手，从阴霾烟雾中踉跄而出。第三个抓捕归案的叫栾仁清，凌晨枪战中，一颗子弹擦伤了他的小腿，留下的血迹，标示了他的逃跑方向。九处和治安大队的十几位同志，和“老外”一起顺线追踪，下午三时半在驴岗坡将其擒获。

最后一个落入法网的叫张利明。凌晨枪战之后，他跑到城东五里店麦场的草垛中躲了起来。到晚上，雨越下越大，他已是三天没有吃喝了，饥寒交加周身发起高烧，把这位抢劫军火仓库的绿林老大烧了个头昏脑涨迷迷糊糊，他摸了摸抢劫银行分得的一笔现钱，晕晕乎乎，晃晃悠悠，向五里店街头走去。

正在放哨的村联社主任李仁义，看见张利明浑身泥水，东倒西歪地从沟底爬上来，以为是个醉汉，靠近走了两步没闻到酒气，顿时起了疑心便大喊一声：“口令？站住。”趁歹徒愣神间，李仁义从身后抱住了他的腰，和闻声赶上来的村民一起，将张利明擒拿制伏。

至此，四名盗抢甘肃某军分区弹药库，持枪抢劫七里岗农行储蓄所的罪犯全部落入了法网，缴获五四式手枪十二支，子弹四百发和抢劫银行还没有来得及消费的现金。我方民警群众无一伤亡。历时五十六小时的围歼战胜利结束了。正如省委刘正威副书记表扬的：围歼“6·11”案罪犯这一仗，你们打得很漂亮、很出色。光荣属于你们！

◇◇ 五

当时的《郑州晚报》上登载了记者胡巨成的两篇通讯报道，一篇叫《光荣属于公安战士》，一篇叫《光荣属于人民》。两篇文章“合二为一”比较详尽地描述了这一案例专门工作与群众路线相结合的基本方针。

回忆国案“6·11”，五十六个小时紧张的工作，跑肿了腿，熬红了眼，顶风冒雨，不畏艰险，使郑州市公安队伍经历了一场战斗的洗礼。我感慨尤深的是警友们不怕牺牲的革命精神。我们面对的是四个荷枪实弹的抢劫犯；我们在明处，他们在暗处，随时都可能被藏在阴沟、窑洞的罪犯开枪命中。与劫匪几次枪战，回回险遇牺牲，可我们的公安民警、武装警察仍旧面无惧色，个个争先恐后，冲锋在前，置生死于度外，表现得十分英勇。“人民保护神”就应该是这样的形象。就连跟我开车的司机班长吴汉泽也端起微冲，每次都跑到前边，那种不怕死的英勇无畏，实在感人至深。后来总结表彰的时候，被大家评了个三等功，吴汉泽成了小车班“前无古人后无来者”的立功第一人。

“6·11”围歼战，还有一个最为显著的特点，依靠群众，放手发动群众，密县县委层层紧急动员，全县动员了上万的民兵和一般群众参加。村村喇叭响到户，男女老少齐上阵。部队给养一时不能到位，群众自发地送饭送馍，超化煤矿食堂把给三百多名职工做好的饭菜送给公安队伍吃；老城的五个饭店贴出告示，公安武警免费优先随来随吃；多少群众为警察战士送来雨伞、雨靴、手电，没有人去统计，也没有人去算算账值多少钱。一位群众看到民警跑掉了鞋，拿出自己新买的旅游鞋给民警穿上，坚决不收一分钱，很像箪食壶浆送红军的旧景重现。

同志们说，“文革”后组织这么大规模的群众行动实属罕见。

俞雷副部长说，继公安部在江西组织的围歼“二王”之后，郑州这一仗在全国影响最大，也最漂亮。

河南省省委书记杨析综批示中高度赞扬，副书记刘正威带领省市领导到公安局看望民警，发表了热情洋溢的讲话，高度肯定了“6·11”的光荣胜利，成就了郑州公安史的最佳辉煌。可惜，公安部电话表彰在先，后来却没有了下文。

也有不同的声音存在，据说某某人有话，用市场经济观点看，“6·11”投入成本过大。并且指示，侦破刑事案件也要计算成本。当年在我脑海中写下了一个大问号：在人民生命遇到巨大安全威胁的时刻，人命成本、国家机器信誉成本与经济成本之间孰重孰轻？对某些人来说，很难找到一个圆满的答案。

这场战斗中，涌现出许多可歌可泣的英勇事迹，作家张斌深入采访，写了一篇长篇报道刊登在《河南日报》上，群英璀璨，着实把民警表彰了一番。

光阴荏苒，一晃 20 多年过去了。在眼下这个物欲横流的世界，我很想知道，警察使命的光荣，职业的神圣，侦查破案的艰险，是不是也可以成为与金钱交易交换的对象？这让那些曾经用无私无畏精神铸造警魂的英雄们情以何堪？他们又在想些什么，做些什么呢？

作于 2013 年 5 月

车管所里的杀人劫枪案

——怀念纪检民警刘国民

一九九〇年十一月一日，郑州市公安局车管所发生了一起惊天动地的入室杀人抢劫案。车管所办公室副主任、纪检委员刘国民和他三岁的小儿子在单位宿舍中惨遭杀害，十一支枪、二百发子弹及两万多现金，在办公室保险柜中被洗劫一空。

两个现场门窗无损，保险柜也没有撬压痕迹。从整个现场分析判断，罪犯目的明确，现场情况熟悉，先到刘家宿舍喊门入室，骗取钥匙密码后杀人灭口，又窜到办公室打开保险柜掳掠枪支弹药及现金。

“显然是熟人作案，很大可能与内部有关。”准备到省厅赴任的济晟局长听完汇报，果断地做出如是判断。同时，决定局领导全部出动，从勘查现场开始，到内部排查、集中清查、群众发动、街面巡控、跨区协作，从六条线分头行动。

市局纪检组组长高国珍义愤填膺，不仅仅因为刘国民是纪检干部，而且在上半年作风整顿中，车管所成绩突出，刘国民铁面无私，敢于碰硬，被市局树为“作风过硬先进个人”。高组长在当晚召开的车管民警大会上谆谆告诫人们，要严密注意躲藏在我们内部的罪犯和与罪犯有勾结的人，号召大家检举揭发，甚至断言内部发动充分了，案件就一定能够侦破。

作为主管刑事侦查的副局长我对他的发言没有异议，但很难按照他这个一边倒的意见安排工作，还是按照济晟局长的兵分六路进行了具体部署。

◇◇ 一

事情的发展被老高言中，主犯果然就在内部。

当天晚上，车管所七十九名民警，到会七十八名，缺席一名。经查这名无故不参加会议的是安检科的张金波，第二天上午仍旧不见踪影。第二天下午在长垣县巡逻的民警，发现了张金波仓皇藏匿的可疑踪影。这个曾经因为乱扣车辆转作私用而被调查处理过的民警，迅速被纳入了重点怀疑对象。

档案显示：张金波，男，出身贫农，现年二十九岁，共产党员，转业军人。其他诸如社会关系、个人表现、组织鉴定等冠冕堂皇更是显得无可挑剔。而且还多次被评为先进个人，在部队荣立三等功两次，因此，入党提干一路顺风顺水，当兵不到五年便坐到了副连、代理连长的位置上，眼看要提正连，上峰却“空降”了个连长挡住了他的仕途。张金波内心不服，一时口快背后骂了娘，隔墙有耳，传到首长耳朵里，很快，张金波被谈话转业，张金波满腹怨气，再加上转业安排过程中托熟人拉关系，送礼品走后门，花去了大部分积蓄，从进安检科起就抱定了一个“捞一把”的想法。不想，他锁定目标的第一桶金，让刘国民逮个正着，鸡飞蛋打，金没捞上还背了个通告批评的处分。张金波越想越生气，越想越不满，邪火心中烧，恶从胆边生，他要制造一个轰动全国的惊天大案，报复这个社会，报复一切阻碍他升官发财的人，他多次到车管所办公室摸底踩点，把矛头对准了刘国民和那只存放枪支现金的保险柜。为了成功作案，张金波把一个叫樊志刚的社会闲杂人员拉拢入伙。樊志刚这个小混混为了一本大货驾照和一套房子，与张金波狼狈为奸，杀人抢劫，制造了郑州市公安局史无前例的特大案件。

一九九〇年十月三十一日晚饭过后，二犯敲开刘国民的宿舍门，捆绑了刘国民，威逼他交出钥匙说出保险柜密码后，将刘国民杀害。又残暴地杀死了他三岁的小儿子，然后，到办公室劫走保险柜中的枪支和现金。

他们烧毁了血衣和凶器匕首，留下三支手枪，其余的八支扔到了北郊烂泥沟里。

当我们召开民警大会动员发动时，张金波逃窜到黄河以北濮阳县的乡村，樊志刚藏匿在市内，窥视着警察的身影瑟瑟发抖，胆战心惊。

◇◇ 二

发案的当天夜里，省委书记候宗斌、省长李长春分别作了重要批示。省委常委、政法委书记张志刚按照省委安排，参加了郑州市常委扩大会议。

省委常委、郑州市市委书记宋国臣主持会议，张志刚书记传达了省委意见，市委副书记、政法委书记刘新民作了“全民动员，层层发动，严厉打击刑事犯罪的嚣张气焰”的讲话，重点对“11·1”特大杀人抢劫枪支现金案进行了部署。

从街道到工厂，从学校到机关，从城市到农村，层层发动，人人参加，很快形成了一个热火朝天的破案高潮。

解放军战士、武装警察、机关干部、工人农民、街道居民、学校师生、商场职工，各行各业，全体群众编织了捉拿凶犯的天罗地网。

据当年的简报显示，尽管城区就召开各种不同类型的会议二百余次，接受宣传三万人次。全市两天内收到举报线索一千多条，侦破案件三十一起。新民书记十分感慨地说：“走群众路线，依靠群众，发动群众，是我们党务工作者的看家本事。专门业务可就靠你们公安了。”

现场没有留下有价值的指纹，倒是从两个现场提取的二十三枚足迹中，认定了其中一枚具有追踪比对的鉴定价值。二日下午，市局刑科所将从张金波家中提取的检材与现场的那枚疑似足迹进行分析比较，得出了明确结论。随即由政委张秀申带领杨卫强、高士平等十七名治安防暴队员连夜向濮阳方向进发。

三日晚上，樊志刚在哥哥与姐姐的陪同下，来到管城区公安分局自首。供出了主犯，交出了三支手枪和两万多赃款，按照公安机关的要求，指认了抛毁凶器、血衣，藏匿枪支的地方。

四日下午，主犯张金波在封丘县赵岗乡被缉拿归案。

◇◇ 三

根据罪犯的交代，八支手枪分散藏匿在金水河和郊区铁路审查站北边一条三公里长的污水沟里。无论是作为案件证据还是作为可能危害社会的枪支本身，都要求我们尽快将这些枪支收缴归案。

四日上午，根据济晟局长的要求，我带领一百多名公安民警和武警、消防警战士，来到河沟边分段包干，从指定地点入手，开始搜查。金水河河床污泥较少，很快搜索成功。北郊污水沟宽约三米，污泥杂草，深不着底。同志们找来了铁耙、木叉，后来又动用了工兵的探雷器，直到下午三点还有三支枪没有踪影。

立冬将至，寒风袭人，加上同志们此时尚未吃午饭，可谓饥寒交迫。正在此时市委副书记李连魁代表市委前来慰问，送来了丰盛的午餐：香肠、鸡蛋、面包还有烧饼夹牛肉，抬来两大筐。李书记一边与大家握手，一边说："辛苦了！烧饼刚下炉，抓紧趁热吃!"

大家见状不禁狼吞虎咽，又从旁边小卖部搬来了几箱伏牛白酒，连吃带喝，不一会儿便风卷残云了个不亦乐乎。送走了李书记，回到沟边继续找那三支枪。

无奈我们在三公里沟边使尽浑身解数不见效果，眼看夕阳西下，寒风越刮越紧，时不我待，天黑前从污泥中捞不出枪支，就会耽误整个案件的审理进程。

我用对讲机把在场的几位处队领导叫到一起，把我的想法通报给他们，我说，现在使用的各种方法都不管用，摆在我们面前的只有下水摸泥捞枪了。同志们全部下水，二十米一个人，用脚踩、用手摸，不找回所有的枪支决不罢休。大家回去动员，领导带头，党员紧跟，捞一支枪记一个三等功，别忘记让大家喝酒暖身子。说完，我喝了半瓶伏牛白酒，挽裤抹袖，率先走进泥水沟。

少顷，在三公里长的泥沟里均匀地布满了警察、战士，他们冒着初冬的寒冷在齐腰深的臭泥烂草中搜索。

我问武警何支队长：“同志们冷不冷？”

老何大声回答：“不冷！”

我说：“不冷是假，唱支歌鼓鼓劲咋样？”

于是，污水沟上唱响了《红军不怕远征难》。

这一招果然有效，不一会儿，反扒英雄、治安大队队长关福昌捞出了第一支枪，紧接着剩下两支枪如数归缴，武警战士拿走了两个三等功。

至此，经过四天四夜的努力奋战，发生在郑州市公安局车管所的“11・1”特大杀人抢劫枪支现金案，正式画上了一个句号。

事情经过二十多年，现在看来，这个句号并不圆满。由于领导班子的变动，我这个后任局长对这起影响巨大的特大案件的侦破缺乏应有的总结，特别是对刘国民同志没有组织表彰与宣传。

时至今日，我这个退休的老警察只有通过这篇短文，向牺牲在廉政建设第一线的好纪检、好民警刘国民同志致以深切的敬意！

作于2014年6月

走近英雄黎定琦

木棉花盛开的日子里，我以一个退休警察的身份来到昌江县公安局，访问了全国公安系统一级英模黎定琦。

黎定琦低瘦的个子，戴着厚厚的眼镜，站在公安局的办公大楼前，远远地伸出手来欢迎我们。

我大步走上前去紧紧握住黎定琦的手：“身体好吗?”

“很好。”他一边带着我们上楼一边回答。

旁边的同志跟上来说：“他还在第一线工作呢，你看他上楼的步伐多么有力，哪里像眼睛半瞎的人呢?”

跟着黎定琦走进二楼的办公室。一杯“老爸茶”，一支椰树牌香烟，我们开始长谈，眼前展现了一幅英雄的画卷。

◇ 一

昌江县有一个霸王岭，山清水秀，森林茂密，是著名的热带雨林自然保护区。一九九九年五月，虽然这里满山遍野繁花似锦，鸟语花香景色宜人，但是匆匆行走在盘山公路上的人们，却没有赏花观景的轻松和安逸，因为这里常有一伙蒙面持枪的歹徒拦路抢劫。他们胆大妄为，光天化日之下竟然抢劫行人的现金、手机、BP 机，连村民狩猎的山猪和购买的粮食也不放过，甚至穷凶极恶地伤害无辜。

公安局决定抽调警力组成专案组，进驻霸王岭。几个月过去了，由于劫匪藏匿深山，出没无常，又是蒙面装扮，受害群众无法提供侦查线索，侦破工作迟迟没有进展，一度陷入困境。时任法医的黎定琦主动向局领导请缨，决定化装侦查，引蛇出洞，捕获现行。那段日子里他带一名队员，驾驶一辆破旧的摩托来回行驶在劫匪出没的危险路段。

九月三十日下午二时许，黎定琦驾车来到王下公路 40 公里处时，两名匪徒突然从山林里跳出来，从前方挡住去路，手持火药枪指向黎定琦，又有三个匪徒手持火药枪和砍刀，从后方草丛中冲过来，形成对黎定琦前后夹击之势，疯狂地叫喊着："停车，拿钱来！"黎定琦沉着地停下车来，佯装掏钱把手伸进口袋里拔枪，就在此时，歹徒发现了黎定琦腰部的防弹衣，迅速将枪口指向黎定琦的头部，当黎定琦拔出手枪时，匪徒抢先开枪了，一团铁砂散弹射中黎定琦的头部和上胸部。黎定琦身子猛地一颤，只觉得眼前一片红光，鲜血涌出眼眶，然而，他忍着巨大的疼痛，奇迹般地跳下摩托，枪口对着匪徒连扣扳机，当场击中了一名匪徒，当他正要追赶逃跑的其余匪徒时，终于因伤势过重昏厥过去。

昌江县公安局顺着被击中的匪徒这条线索乘胜追击，终于摧毁了作恶多端的犯罪团伙“江湖帮”。从此，霸王岭恢复了寂静和安宁，老百姓再也不怕走山路、走夜路了。方圆几十里的老百姓，从白发苍苍的老人到七八岁的娃儿，无不为之感动，纷纷在传诵人民警察为民除害的英勇事迹，交口称赞着一个普通警察的光辉名字——黎定琦。

王下村的群众过去深受匪害，如今听说黎定琦正在抢救，老爷爷拿出卖山货赚来的几十元，小孩子拿出买糖果的几元钱，全村老少凑了三千多元送到医院，央求院长一定要保住黎定琦的命。他们高喊，我们需要这样的警察！

二

群众关心黎定琦，中央领导关心黎定琦，全国的警察关心黎定琦。黎定琦先后在海口、广州、北京多次接受高水平医院的治疗，但由于伤势过重，体内残留的十几颗弹丸无法取出，眼睛仅保住了零点零二的视力，落下了二级伤残。

又是一个山花烂漫的春天，黎定琦满载荣誉回到了单位。

黎定琦回到单位就要求重返岗位，继续在刑事侦查工作中发挥自己的法医专长作用。黎定琦诚恳地说：“我不能躺在过去的成绩上睡大觉，我要继续为党和人民的事业做贡献，这才是英雄。”黎定琦谢绝了组织的照顾，回到了心爱的刑侦大队。为了尽快适应工作，自己摸索着走路，不让人搀扶。从家里下楼是三十八个台阶，黎定琦默默地记在心里；为了记住新认识的人，他练就了特殊的本领，做到了一听声音就知道对方是谁；为了看清物体，他配上了眼镜，还随身携带着一个高倍放大镜。黎定琦克服了常人难以想象的困难，强忍眼睛里的铁粒带来的大脑眩晕和脑部铁沙弹不时引发的阵痛，终于，又在自己热爱的刑侦岗位上取得了新的成绩，谱写了新的篇章。

我一边听黎定琦用不十分清晰的海南普通话叙说，一边翻阅着英雄的立功材料。从 2001 年起，他组织和参加现场勘查 1089 场次，活体检验 279 例，出具鉴定报告 1048 份，尸检报告 250 份，组织指挥和参与侦破各类案件 613 起，抓获犯罪嫌疑人 260 人，缴获五四手枪一支，火药枪 52 支，刀具 26 把，追缴被盗抢摩托车 97 辆……

听着看着，看着听着，我的心灵在战栗。透过这些枯燥的数据渐已泛黄的纸页，眼前立起一个身残志坚、正气凛然的黎定琦。我依稀伴随他走进了一个个凶杀现场，头顶烈日，手举高倍放大镜，贴近臭气熏天的尸体，寻找凶器造成的创伤；我仿佛看到在血与火的战斗中，他在血泊中坚强地拔枪出击；我仿佛看到他拖着内伤频频发作的瘦弱身体，在崇山峻岭中艰难地追捕逃犯……

我揉了揉眼角，拭去几欲溢出眼眶的热泪，抬头看了看眼前这位小个子警察。他是那样平淡，面部有些木讷。就是这样一位平凡的警察，作出了如此让人敬佩的不平凡的业绩。我想知道，在物欲横流、人心浮躁的今天，为什么他会这样忘我地奋斗，他是怎样想的？

◇◇ 三

“我是怎样想的？”黎定琦转过头来，眼睛眯起来用力盯着我，仿佛在尽力地辨认一个陌生的声源。

“很多人都这样问我，特别是那些记者，硬要从我嘴里说出一个惊天动地的伟大思想来。其实，我只有一个想法，抓住罪犯，突破案件，在现场待了几个月，身上的汗味都发臭了，赶紧回家冲个干净澡。”说到这里他无声地笑了笑。

“案一发就来了精神，枪一响就上劲，当刑警的不都是这个样吗？听说你面对歹徒总是身先士卒，指挥过不少枪杀案的侦破，你又是怎样想的?”

想不到他会如此反问我，并不是揶揄。我点了一支丢不掉恶习的香烟，我们彼此陷入了沉思。

其实，黎定琦已经给了我一个答案，那就是因为我们是刑警。从当刑警的那一天起，我们便和艰苦、劳累、艰险结下了不解之缘。黎定琦本来是学医的，毕业分配到医院工作，可他偏爱上了法医这个职业。在有些地方和死人打交道是不许进正房吃饭的，人人见你都会躲得远远的，连洗手也不让你进院落，手都不会给你握。朋友们劝阻他：“当刑警天天和罪犯打交道，当法医又得和死尸打交道，苦啊脏啊不说，还有生命危险，你不怕吗?”当年的公安局局长也这样问道。

“不怕，害怕就不当刑警了。”二十多年前的黎定琦坚定地回答了这个问题。

是啊，不怕！因为我们头上悬着金光灿烂的警徽；肩上扛着安定一方的重任；身后亮着千万双期盼的目光……

二十多年来，他用实际行动锤炼了一个公安战士忠诚无私、勇敢坚强的英雄品格，实践了二十多年前并非大话的诺言。也就是说，在一九九九年那场枪战中，没有必要，也不可能再去考虑记者们提出的那么多问题，狭路相逢，唯有亮剑，他的选择只能是冲上去，英勇拼搏，即使是血染红土地，魂去黄泉路。

我虽然也算英勇，却总是侥幸。假如我曾负伤，我不知道我会不会成为英雄，只是知道坐在眼前的，就是一位真正的英雄，值得我们学习的榜样！

木棉花开红似火，人们讴歌它赞美它，称它是英雄花，那是因为它殷红色的花朵，如同英雄的一腔热血；灯盏一样的花型，悬在枝头，如同英雄的魂魄，照亮我们前行的路，今天我站在昌化城头，真诚地讴歌赞美的是，霸王岭上、昌化江畔永不凋谢的英雄花——人民警察黎定琦。

载于2009年4月12日《海南日报》

退休警察赵林德

这些年，老乡亲、老同学、老同事，不断有人千里迢迢来海南找我帮忙，或安排子女亲友打工就业，或经商办企业以求发财致富。尽管，他们大多乘兴而来又无可奈何地扫兴而归，但来的还是要来。

今天，又来了一位不速之客，他是泌阳县公安局的退休警察赵林德。

斑白的头发，一脸的皱纹，一脸的疲惫。穿着一身去掉警徽的皱巴巴警服，手提一个脏兮兮的编织袋，从码头蹒跚走来。

这就是二十多年前那位破案能手赵林德吗?

“嗨，不认了，你这家伙官当大了，眼里看不见老同学了?”依然粗犷的嗓门，熟悉的河南乡音。

我急忙上前握手，帮他提行李。“走，老家伙，我去给你安排宾馆，晚上陪你喝两盅。”

想不到他竟连连摇头，忙不迭地推辞：“不住宾馆，你给我找一个地方随便住下，这次来，不走了。”

一语惊人。我呆呆地看看他那种不客气得近乎不讲理的样子。

“帮我找份工作，我是来打工的。”他口气生硬，仿佛是给我下达任务。看着他这副样子，我有点生气：“你来打工？就你这老态龙钟的样子。再说，你当了一辈子警察，除了办案抓人还有别的本事吗？我们这里三年前的大学生还没有完全到岗，你凭什么？海南岛是不相信眼泪的。老兄，我安排，玩两天，然后给你买张车票打道回府。”

这一回轮到他发呆了，他愣愣地站在那里，半晌，才喃喃地说：“听我说，这些年老伴没工作，年轻时不经意生了四个孩子。”

“怎么没开除你？”我不无揶揄地挖苦了他一句。

他苦笑了一下，并不回答我的质问。“前些年，父母年老多病，常常是今天吃明天的口粮，这还不算，老大不争气差点丢了饭碗，老二汽车肇事要赔人家十几万，东借西借，借了一屁股债，压得我受不了。我原想咱别的本事没有，也没有想来发财，你是公安上的老领导，给我找一个看大门的活儿，挣个吃饭钱总还是可以的，攒上家里退休金还账。”

他望了望我叹了一口气，继续说：“没想到让你作难了，明天我就回去。给你坦白交代，乡里聘我当联防队员，来的时候我多了一个心眼，那份工作没辞，我得立马回去上班。一个月三百多元呢。”

说着说着，居然笑了，是为自己留了一个退路而得意，还是对我的无能给予的宽恕和安慰？总之，他仰起了皱皱的脸分明朝我笑了笑。而这笑比哭还难看。

这比哭还难看的笑，蓦地开启了我那尘封已久的记忆。

四十多年前，我和他同在一个学校读书。一天下午，离学校不远的白蒋村，浓烟滚滚，火光冲天，着了大火。正在上课的老师见状立即放下课本带领我们跑去救火。学校的学生、周围村庄的社员群众从四面八方满山遍野地向火场奔去，这上千名群众硬是用脸盆、木桶等最原始的灭火工具，泼水、上房揭草，阻止了大火的蔓延。赵林德的家就是这个村的。全班的同学到他家时，他从烟雾中走过来，指指身后的断壁残垣淡淡地说：“五间房毁了三间半，还好，没烧完。”说完竟然无声地笑了笑，一脸的黑灰露出白白的牙齿。这比哭还难看的笑，让我记忆了多年。

这是一种无可奈何的笑，坚强不屈的笑，深沉包容的笑。带着这种笑，他和父辈们重建家园。以后，参军提干，再以后转业当警察，无怨无悔，一干就是三十年。

我想着想着，感到身边这位邋邋遢遢的老警察突然高大了，那样的健壮，那样的伟岸。

其实，他还是他。我也笑了。

“走吧，”我拍了拍赵林德的肩膀，“咱们找一个地方给人家看门去。”

作于2005年初夏

载于2005年5月11日《法制时报》

不穿警服的警察王文清

在我当民警的那个年代，群众路线叫得很响。我们常说，专门工作与群众路线相结合是公安工作的生命线，一切工作要从服务群众出发，侦查破案和治安防范、控制犯罪，事事都要依靠群众，树立群众观点，做群众工作是人民警察的必修课程。

在预防和控制犯罪上，我们的提法叫群防群治，街道、商店、学校、厂矿以及大大小小的行政事业单位都建立了治保组织，街面控制实行公安机关指导下的治安联防。从市里、区里、街道办事处到居委会居民小组，四级也好，五级也好，层层联防，在全市范围内形成了一个上下纵横、全民动员的防范网络。那些臂戴红袖箍、手持红白棍的联防队员们，协助民警掌控敌社情，帮助教育待业青年，看门守户巡逻放哨，披星戴月走街串巷，涌现出许许多多可歌可泣的模范人物和事迹，为了表彰他们的卓越贡献，每个年度各级政府都要召开不同类型的治安模范表彰大会。

那年，我就是在治安模范表彰大会上认识了特邀代表王文清。

那时，我是刚刚到任的管城分局秘书股股长。

◇ 一

他，个头不高却敦实有力，一脸的沧桑，苦涩中露出坚毅的微笑。他明明是一个披红戴花受表彰的代表，却落落大方地坐在领导席上。此人来历不凡，梁局长告诉我，他就是我们分局的大功臣、响当当的大模范，特邀代表、锅炉厂厂长王文清。

从办公室整理的先进事迹材料中，我见到了王文清的单行材料。那是手写的密密麻麻两页纸的样子，除去一些空洞的套话和口号式的语言，大致是说，王文清是个区管的领导干部，却和普通的街道居民一样参加联合治保会巡逻，只要轮到他，他必定风雨无阻准时无误。在他领导的锅炉厂里，倡导全民保安人人有责，职工家属积极参加，厂区与宿舍统一管理，真正形成了群防群治的模范小区。五年前，有两个辍学青年翻墙过来盗窃钢筋，被工人巡逻队逮个现行。从此后，锅炉厂巡逻队威震一方，蟊贼小偷闻风丧胆，不敢进他们的防区，连续五年锅炉厂及其宿舍区没发生过案件。那两个行窃的辍学青年成了王厂长的帮教对象，后来安置在锅炉厂当了工人，化腐朽为神奇，这两个青年成了全市后进变先进的转化典型。

这些文字材料虽然有些粗糙简略，事迹却很感人，可我总觉得仅此，还不至于让梁局长如此赞不绝口，尊崇有加。

◇◇ 二

果然，王文清有着非同寻常的人生经历。

王文清十三岁就进了日伪警察局。那年是一九四五年，正是在日本鬼子投降前夕。府前街小学校长王继祖安排他进局子当杂役，活计是从清真寺门口老井里挑水，以供洗漱、做饭，七八个鬼子还要在高木桶里洗澡，每天少说也得三十多担。小小年纪累死累活不说，还要受日本鬼子的气，动辄打骂体罚。一天下来，王文清实在难以忍受，便向王校长诉求另谋活干。

王校长神色凝重地问："为了消灭小日本让你干这活，你干不干?"

一说打日本，文清挺起了胸膛："干!"

于是王校长向他交代任务，了解宪兵队人员和武器装备的情况。小小年纪的王文清郑重地接受了这个神圣的任务，忍辱负重地干了三个月，向王校长提供了准确无误的情报，迎来了抗日战争的胜利。

王文清在这短暂的三个月中用卓越奉献写成的光荣历史，不料却成了漫长一生的疥疾与麻烦。

新中国成立后，王文清当了民警，入了党，提了干，一路顺风顺水。

天有不测风云，“肃反”运动风生水起，泼皮张三借机发难，诬指王文清十三岁当过日本汉奸。本是抗日壮举，却成了卖身投敌。王文清据实反驳。区委按照王文清提供的情况派人去调查。可是，当年王校长接到文清的情报后，便销声匿迹了。有人说去了太行解放区，结果跑遍全中国，共产党管的地方查不到王继祖。

有人便突发奇想地说：“这人八成是国民党吧？”

文清连连摇头，矢口否认：“王校长，那么好的人，怎么是国民党呢？”

可是，说不是吧，也无法查证。参加过抗日战争的南下干部梁生林最后拍板，查无实据，不作问题。

不料漏屋偏逢连阴雨，“反右”斗争雪上加霜，王文清莫名其妙地当上了“右派”。“文革”肆虐，给他又加戴上了一顶“特务汉奸”的帽子，发配西华农场劳动改造。

后来，打倒“四人帮”，拨乱反正，纠正冤假错案，王文清得以平反昭雪。梁生林回来主政，落实干部政策，王文清被列为第一名要归队的好干部。但是，王文清已经是工业战线的领导，百废待兴，区长亲自出面挽留了他。

是金子在哪里都会闪光，王文清领导的锅炉厂成为工业战线的一面旗帜，同时又是群防群治、社会治安综合治理的模范单位。虽然，王文清没有回分局任职，却是一个不穿警服的好警察，是永远坐在主席台的“老公安”。

◇◇ 三

从粉碎“四人帮”后第一任局长梁生林起，长达近二十年的时间，王文清始终是分局一些重大活动的座上宾。

这种尊重不仅仅是友谊，更多的是因为王厂长对公安事业的忠诚和奉献，为管城区的治安联防增添的灼灼光辉。

一九九二年，我离开郑州赴海口上任之前回管城分局告别。当我走进分局大门时，迎接的人群中走在前面的竟然是王文清厂长。他拉着我的手迈着稳健的步子，走进这座古老的院子，像是丈量发生在这里的沧桑旧事，又像是展示这座院子里的旧貌新颜。

这座院子曾经是日伪时期的宪兵队，正对大门坐东朝西有一座特别的建筑，是日本人遗留下来的办公室。宽厚敦实，那时还在使用。室内中间是会议室，两厢分别是局长、政委的办公室。木地板的地下曾是日本宪兵队的水牢。绕到房子后拘留所的院子里，依然能够找到水牢的铁门，里边堆满了杂物。新中国成立后，这座院子已是疮痍满目，阴森可怖。人民公安的第一派出所、管城分局都曾在这里办公。如今，几经修葺已是窗明几净，一派生机。南院墙残垣上盖起了新厨房，后院拐角重修了厕所，往里又盖了一座两层小楼，解决了预审股和拘留所办公室的用房，同时还使老单身们有了新屋。

当年梁生林局长看着这些变化感慨万千地说："'文革'过后百废待兴，到处缺乏资金，分局申请拨款杳无音信。这些建设都是文清亲自领着工人加班加点干的，只收了一点材料费啊!"听到这些赞扬，王厂长憨态可掬地一笑："谁叫我是第一所的老民警呢!"

新中国成立初期郑州市公安局没有分局，下设五个派出所，王文清和梁局长同在第一派出所共事。一晃三四十年过去了，王文清厂长念念不忘的是那风雨坎坷的从警路，一辈子难分难舍的警察情。

送行的酒席照例设在锅炉厂职工食堂，王厂长从家里拿来了好酒。他平常不喝酒，那天却压抑不住惜别真情，动容地举起杯来连干了三大杯。如此重情厚义，让我心潮激荡，感动得一下子喝了九大杯。杯中乾坤大，酒中日月长，我望着这位忘年交，在我泪眼迷蒙中，一个普普通通的他竟然那样的高大，如高山巍峨，让我难以望其项背。

载于2015年3月9日《法制时报》

昆仑语丝

进了公安门，穿上民警服，一下子引来诸多同龄人艳羡的目光。如果，因此而头脑发热，忘乎所以，注定是要碰壁跌跤的。轻则鼻青脸肿，断胳膊断腿；重则一命归阴，呜呼哀哉。

只有把警察这个职业同忘我奋斗、无私奉献联系在一起的人，才有希望头顶国徽走完事业的光辉历程。

法律赋予人民警察的特殊权力是一把锋利无比的双刃剑。为人民的利益公正执法，它就无坚不摧所向披靡；徇私枉法、以权谋私、伤害无辜、残害忠良，到头来害人害己，必然身败名裂，下场龌龊可悲。

当了民警，你可曾想到风光后面的风险？

民警，意味着风险、牺牲。图安逸、想发财，趁早脱警服去干别的。

一个好的民警，必然是“怕老婆”的人。

我们欠家庭的太多太多了。节假日，当老婆孩子盼望团聚的时候；生病住院，当亲人们需要照顾的时候；夜深人静，当妻子独守空房秉烛难眠的时候……我们的民警却不能尽常人职责，只能在酷暑中站岗、在风雪中追捕、在黑夜中侦查……深夜，当我们拖着疲倦的身体踏进家门时，对老婆孩子的歉疚之感便油然而生。

当没有了这歉疚之感时，这个民警的良心已开始泯灭。

我们要事事谨慎，慎独、慎微、慎始、慎终。如履薄冰，战战兢兢，错不得半步。走官道器宇轩昂、清白磊落，做朋友侠肝义胆、忠厚情真，做事讲原则，做人讲道德。

诸葛一生唯谨慎，夙夜忧叹，庶竭驽钝。想来，“吾日三省”之言是矣。

有人说，怀旧是衰老的表现。其实，怀旧是一种深沉的思索。

记人记事记乐，记住自己的失误与歉疚，记住别人对自己的恩泽，永远感谢这个社会给我们带来的美满与幸福；忘掉的是悲，是怨，是心中的愤懑，是那些应该抛弃的重负；留下来的是美好的记忆，是欢乐的音符、瑰丽的篇章。

人生在世，时日苦短，愿快乐相伴终生。

人之初，性本善。世，以人为本；人，以善为先。一事当前，与人为善。多想想他人的利益、社会的利益，多做些有益于他人和社会的事情，一辈子不做损害别人的事情。这样，当我们即将走完人生的旅程回首往事时，扪心自问，就会无愧于辛苦人生，无愧于养育我们的衣食父母，就会心安理得地去见列祖列宗。

春风得意，官场驰骋，车马劳顿，案牍劳形，笔墨纸砚自然无暇顾及。等到操心纸贵的时候，大约官场失意，潦倒得可以了。

笔耕不辍是一种职业和追求，随意泼上几滴小墨，大约是成不了什么气候的。

平淡如同一杯清茶，我默默数着流去的日子，品尝着生活的宁静与温馨，如烟如云，淡淡地来了，淡淡地去了，谁说平淡不是美呢？

河南豫剧《村官李天成》中有一段戏词名曰《吃亏歌》，令人感悟，给人教育，在当今世风中实在不可多得。现抄录如下，与读者朋友共勉：

当干部就应该能吃亏，能吃亏自然就少是非；当干部就应该肯吃亏，肯吃亏自然就有权威；当干部就应该常吃亏，常吃亏才能有作为；当干部就应该多吃亏，多吃亏才能有人跟随。能吃亏、肯吃亏、不断吃亏，工作才能往前推；常吃亏、多吃亏、一直吃亏，在人前你才好吐气扬眉；吃亏吃亏能吃亏，莫计较多少赚与赔；吃亏吃亏常吃亏，你永远不会把包袱背；吃亏吃亏多吃亏，吃得众心归，吃得你人格闪光辉！

愿我们一生做一个“吃亏人”。

孤独是难熬的。但是，当这种孤独变成了一个生命新的开始时，孤独便成了美。

当你，总算有时间拂去书架的尘埃，重新回到书海中遨游时；当你，尝试着穿越历史的隧道，认真地记录下过去的收获与坎坷时；当你，垂钓于江湖之上，漫游于山川之间，尽情地享受美好的人生时，朋友，你不觉得平淡而又孤独的生活也很美吗？

太阳升起又降落。

太阳落了，月亮出来了，追求什么呢？是升还是落，为诞生还是为死亡？

人总得有一个追求，有一个理想，它是生命的支撑点，生命的动力源。

生命是可贵的，生活是多姿多彩的。我们应当永远默默地站在开拓者的岗位上，不停地辛勤耕耘着。那后边长出的哪怕是一棵小草，也要为绚丽的春天增添一点光辉。

时间可以证明一切，检验一切。千秋功过后人评说自是公道，百年是非无须讳言，是真是假一目了然。时间的风雨将会剥去一切伪装。

时间创造着一切，改变着一切。时间的浪涛在淹没罪恶与荒唐的同时，也淹没了往日的辉煌。不管是顶天立地的英雄好汉，还是卑鄙无耻的奸佞小人，被历史的风云卷得无影无踪，落了个白茫茫一片大地真干净。

作于 2007 年晚秋

后　记

从一九七〇年离开部队参加公安工作，到二〇〇〇年调任省政法委止，在公安机关干了三十年。

这三十年，风风雨雨、坎坎坷坷，一路跋涉、一路攀登。当过侦查员、技术员、副股长、股长、副科长、科长、分局副局长、分局局长、市局副局长、市局局长，离开公安机关到省政法委任职的时候是省公安厅主管刑事侦查工作的副厅长。我从最基层的民警出发，一个不落地走完了厅以下的每一个台阶。看完这个简历，朋友们一定会感觉出其中的艰辛和沉重，一定也会想到个中酸楚，深知每上一个台阶都会留下我不懈的足迹、艰辛的汗水。

我思索着从警路上的风雨，盘点着漫漫长路上的坎坷，令我感到欣慰的是，我一直没有玷污警察这个职业的神圣荣誉。无论是劳累与挫折，无论是艰难与无奈，无论是失误与委屈，我总是襟怀旷达、无怨无悔、执着勤恳、老老实实地去工作，去奉行一个警察的坚守与担当，甚至有时冒着生命危险去拼搏、去冲锋。在党和人民需要我们的时候，我没有逃避和退却，而是庶竭驽钝，竭力向前，默默地奉献了自己微薄的力量。

那个年代的公安队伍主要由三大部分组成：一是抗日战争和解放战争期间参加革命的老干部、老革命，他们人数不多，大多处于领导岗位，是这支队伍的灵魂和旗帜。他们坚持用毛泽东思想武装民警，用无私奉献、不怕艰苦、不怕牺牲、敢作敢为、英勇奋斗的精神铸造民警的灵魂，身体力行，自觉地传承和发扬忠诚于组织、团结同志、全心全意为人民服务的光荣传统和优秀美德。他们是共和国公安保卫事业的基础和核心力量。二是从部队转业的干部和战士，他们带来了解放军的文武风范，是我们这支队伍的主力军。三是新中国成立后培养出的知识分子和青年学生，人数虽少，但发展很快。他们是法制、技侦及刑侦等关键岗位的业务骨干，代表了新中国公安保卫事业的新生力量与发展方向。由于这三部分警力的科学配置、优势互补和大环境的积极作用，使得警察队伍的战斗力得到空前合理的发挥，使得我们的警察队伍群星灿烂，英雄辈出。

我庆幸自己赶上了这个好时代。

我感恩曾经相知相识的领导和同志们。

我怀念他们，怀念我所经历过的每一个战斗集体，怀念那些教育和培养我的革命前辈、老领导、老警察，怀念那些风雨同舟、患难与共的警察和朋友。是党的领导和集体的智慧，让我们赢得了胜利和荣誉。在我们的集体里，产生过名扬全国的英模，还有许多一等功、二等功、三等功的荣立者，而我个人从来没有记过一次功。功劳归于大家，荣誉归于集体。在我当分局局长期间，我们的集体被评为全国先进分局；在我当郑州市公安局局长期间，郑州市局曾受省政府集体嘉奖一次。时任公安厅厅长的李志斌同志在大会上说，地市级公安局获集体嘉奖，郑州市公安局是新中国成立以来全省第一个。这，还不够吗？够了，我满足，我高兴！

回忆过去，我穿越历史的隧道，骑马挎枪奔驰在昆仑山上，艰难地跋涉在柴达木盆地的戈壁滩中，我再次跟随巴生祥局长他们经历了一遍人生的炼狱。在密县的丘陵沟壑与穷凶极恶的持枪罪犯经历了斗智斗勇的风雨险阻，在城区街道四十八个警亭中间经历了穿梭巡逻风雨兼程的日日夜夜，我们的警察战友们和群防群治的治安员是那样令我崇敬和怀念。朦胧中我仿佛看到，远处派出所的红灯在闪亮，近处简陋的公安大院中灯火辉煌，又是一夜“统一行动”，同志们，你们辛苦了！老书记刘仪跨上指挥车，指挥若定；老局长梁生林带领九处的民警风驰电掣，亲临一线。他们走来了，走来了……啊，那紧跟其后的瘦弱的“眼镜”，他是谁？一脸的忠厚、一脸的辛劳、一脸的稳重。他是郑州市公安局“文革”后第四任局长王济晟，我的好学兄、我的老班长。济晟，你慢点，一路走好！还有政委张秀申，你走得太早了，我们一起要做的事情还很多，还有很多话要对你说啊！何运歧，我的老朋友，一位刚直不阿、胸怀坦荡的纪委书记，仿佛正在举起酒杯邀我一起痛饮杯中酒。

我止不住老泪纵横，又是一夜动心的回忆。

子在川上曰：逝者如斯夫！

如果把我的人生比作一本书，我只是写出了其中的几张碎片。但愿这些碎片，对我对曾经的领导、同志和战友，能够表达出我深切的怀念和崇高的敬意；对后人、对我们年轻的警察们，能够提供一点启迪和帮助。当他们走进雄伟时尚的公安大楼时，或许能够记起那些为这座大楼奠基的老民警们。

但愿它不只是茶余饭后的闲言碎语。

我在撰写这本公安题材的散文集过程中，得到公安战线上的老领导、老同事、老战友们的大力支持和热忱帮助。尤为让我感谢的是：我的老领导——原公安部副部长俞雷亲笔题写书名，使这本集子增色良多。原河南省副省长、公安厅厅长李志斌亲自为本书作序，字里行间流露出旧谊新情。老领导们的鼓励如股股暖流荡漾在我笔耕的田野，形成一派风清日丽、春花烂漫的诗情画意久驻在我的心怀。在此，我向你们致以庄严而崇高的敬礼！

杜斌国

2016 年 3 月